U0029037
觀察日記
作 B.L.
繪 LM

目　　錄

序　　章｜005

第一章｜009

第二章｜045

第三章｜067

第四章｜099

第五章｜127

第六章｜183

第七章｜209

終　　章｜249

後　　記｜258

序章

願望，總是突如其來。

平常視為不必要，卻在某個時刻來臨時湧現特別的渴望。

要比喻的話……一個老愛喝含糖飲料的肥宅，突然半夜驚醒想要喝一杯水，大概就是這種程度的事情。

不是不要，只是時候未到。

「醒醒吧，你沒有妹妹。」

在網路上，當有人提到妹妹的時候，有87％的機率會在下面看見這句話，另外13％是只回「醒醒吧」或是「你沒有妹妹」。

妹妹是一種很神奇的生物。沒有的人想得要死，有的人想到就想死。雖然相信過來人的說法，認為妹妹是個惡魔般的存在比較實際，但寧願相信妹妹都是天使的人還是比比皆是。

懶貓，一個吐槽別人沒有妹妹不遺餘力的實況主、勸人面對現實的人生導師、認為自己不需要任何人陪伴的孤獨勇者，如今正一臉嚴肅地坐在床邊。

他在早晨被家裡的躁動吵醒，同時嗅出了空氣中不尋常的氣息。

「唉……」

瞬間掌握了所有情勢的他，毅然而然起身行動，同時冷峻地吐出一句話：

「醒醒吧，我有妹妹。」

第一章

「喵！可惡！看招！」

早晨的廚房，傳來的並非餐盤的碰撞聲，而是充滿青春活力的少女聲。一名圍著圍裙的少女站在流理檯前，手指靈巧地在智慧型手機上遊走，像是在聲光效果十足的花園中飛舞的蝴蝶。

少女的長髮十分超現實，髮根到髮梢從藍綠色漸層變淺，最後變成像是太陽般明亮的淡黃色。頭頂兩側豎起一對貓耳，中間則是顯眼地翹起一束呆毛，右側的鬢角看起來像是一隻貓掌，活靈活現地在她清秀的臉頰旁晃動。

她穿著習慣的居家服——印有簡單幾何圖案的 T-shirt 和露出白皙長腿的短裙，光是這樣就散發出青春無敵的活力，可愛得讓人無法招架。

「啊！居然敢偷襲！大家快回防啊喵！」

明明是在玩小小的手遊，卻激動地全身晃動著，就連眼前平底鍋冒出的黑煙都沒看見，可想而知她有多麼認真。

「耶！贏了！果然我才是最強的喵～喵～喵～喵～喵～！哦，蛋好像也煎好了！」

在一陣手舞足蹈的慶祝儀式之後，她終於放下了手機，重新把注意力放回被擱置的早餐準備工作。

「哈嗚……」

一位頭髮凌亂的褐髮男子一邊打著呵欠一邊走進餐廳。他揉著惺忪的睡眼拉開椅子坐下，看了看眼前的火腿荷包蛋，又抬頭看了看皺緊眉頭玩著手機的少女。

「懶貓子，妳又一邊玩手機一邊做早餐哦？」

「嗯……嗯？嗯嗯！」

「妳！唉……」

看著懶貓子盯著遊戲畫面心不在焉回答的模樣，懶貓無奈地嘆了口氣。

懶貓現在很兩難，他知道自己的妹妹平常就夠胡鬧了，專注在打電動的時候會變得更白痴，即使是簡單的火腿荷包蛋也無法保證品質，就像是卡池裡有三星到五星的差別一樣難以預測。

但要是他拒絕吃，懶貓子又會用「反正你又不肯吃，以後早餐還是都你來做好啦～」來當作迴避家事的藉口，好不容易建立起來的家事分工又會毀於一旦。

「只能吃了……」

懶貓硬著頭皮一口咬下，準備不管怎樣都要昧著良心稱讚妹妹的時候——

「Stella!!!!」

瞬間湧入口中的各種詭異味道讓他無法忍受，只能用最後的理智從資料庫中找出一句不帶任何貶意的臺詞表達感想。

——想不到居然只是友抽啊。

對於自己的天真，懶貓只能苦笑著帶過。

「幹麼突然流星●條啊，你是猴子嗎？」

聽到熟悉的寶具語音，懶貓子終於抬起頭來看著懶貓，一臉鄙視的表情。

「不要汙衊大英雄，他做的料理超好吃的！」

「咦？就、就算你用這種方式誇讚我做的菜好吃，我也不會高興的喵！」

懶貓子似乎會錯了意，她雖然揚起下巴做出不屑的表情，頭頂的呆毛卻高速甩動著洩漏了她喜悅的心情。

「……」

懶貓不置可否，蹙緊眉頭鼓起勇氣叉了火腿往嘴裡送，這玩意兒頂多鹽和糖弄錯，最慘大概就和剛才的太陽黑子蛋差不多——

…………

………………

懶貓就這樣維持著含著叉子的姿勢好幾秒鐘，雙眼失焦，看起來意識已經不知道飄散到哪裡去了。

「呼哈……哈……這裡是哪？我是誰？每日登入過了嗎!?」

懶貓好不容易才恢復意識，吃火腿吃到斷片的體驗讓他語無倫次。

「好吃到失神了喵？」

「這有毒吧!?」

「嘿嘿，看來我要稍微克制一點，要是好吃到被列入毒品管制就麻煩了！」

「妳不要再下廚了！」

「喵!?」

分工誠可貴，性命價更高。為了確保家裡的食安問題，他必須在這裡把話講

清楚。

「妳只要開始打遊戲就什麼都做不好，妳自己吃過了嗎？這能吃嗎⁉」

「哥你說話很難聽耶，我做的早餐怎麼可能——嗚嗚——怎模可濃難粗喵……」

面對懶貓的斥責，懶貓子生氣地把蛋塞進嘴巴裡咀嚼，卻在一瞬間臉色大變，但仍然口齒不清地逞強著。

「好好吞下去再說話。」

「嗚嗚嗚嗚……嗚咕。哈……」

懶貓子強忍著眼角的淚水，心不甘情不願地吞下自己做的化學武器。

「還可以嘛，哪有你說的這麼誇張！」

看著一邊逞強一邊偷偷把盤子往旁邊推的懶貓子，懶貓重重地嘆了一口氣。

「妳啊，要減少玩遊戲的時間。」

「不可能喵！」

不等哥哥說完，懶貓子挺起胸口向懶貓宣示：

「遊戲是我的生命，課金是我的三餐，要我不玩遊戲，就跟要我的命一樣！」

「又不是不讓妳玩，只是要妳少玩一點，玩遊戲玩到生活無法自理是怎樣啦！至少作正事的時候不要玩可以嗎？」

「那哥哥你的正事是什麼？」

「…………開臺玩手遊。」

「喵哼？喵哼哼哼哼？」

懶貓子挑著眉對哥哥發出得意的鼻息，被挑釁的懶貓也不甘示弱回擊。

「那是因為我是職業級的實況主好嗎，就妳這種程度還想把玩遊戲當正事啊！」

「這話我可不能當作沒聽見！我可是遊戲界的天才美少女喵！」

聽到自己的遊戲技巧被質疑，懶貓子再也忍不住了，她用力地拍桌子站起身，擺出天上地下唯我獨尊的傲慢神情看著懶貓，眼中燃燒著猛烈的鬥志。

「那要不要來比試一下啊，我家這位吃哥哥軟飯的天才美少女！」

懶貓也站起來回應妹妹的眼神，接著兩人不需多餘的言語，做出了一模一樣的舉動——把眼前裝了火腿蛋的盤子推走。

「決鬥吧！」

「說是要決鬥，實際上要比什麼好呢？」

懶貓一邊雙手交替扳著手指，一邊向懶貓子確定決鬥的規則。

「比什麼遊戲都可以，我不會輸的喵！」

「那麼我們比三個回合，第一回合比日麻，接下來每個回合由輸的那一方提出。」

「可以啊，那是先取下兩回合的人獲勝？」

「哼哼……這樣太無趣了。」

「喵？」

看著哥哥笑得如此陰險，懶貓子歪著頭露出了疑惑的表情。

「不管誰先取得兩勝，都要比到最後為止，最後再依據輸的次數決定懲罰的數量！」

「喵！竟然到這種地步！」

「嘿嘿嘿……」

看著驚訝不已的懶貓子，懶貓忍不住嘴角上揚。

——不知節制的妹妹啊，今天一定要讓妳徹底學到教訓。

「沒想到哥哥這麼想被懲罰啊，Monkey的M是SM的M嗎！」

「妳！好啊好啊，看來妳不見棺材是不掉淚了！」

看著死到臨頭還如此從容的懶貓子，懶貓強忍下湧上的怒氣，咧開嘴對她露出狂妄的笑容。

「那就來決定懲罰吧，如果妳輸了一個回合，以後每週就少課一單。」

「哦，可以啊，不過就是一個禮拜少吃一餐而已喵。」

「…………啊？」

「我每天三餐都是配著抽一單吃完的，哥你不知道嗎？」

「我怎麼會知道！」

「哥你還是對自己的信用卡帳單用心一點吧。」

「居然還是用我的錢！妳可不可以節制一點！」

「我可是忍著沒吃消夜哦，不要太感謝我喵！」

面對低頭瘋狂確認手機簡訊的懶貓，懶貓子露出溫暖的笑容拍拍他肩膀。

「誰要感謝妳啊！我要更改懲罰！妳輸一回合就每天少課一單！」

「也可以啊。反正我一場也不會輸的喵！」

面對變嚴峻的懲罰，懶貓子也是聳聳肩膀無所謂的樣子。

「至於哥的懲罰……」

懶貓子瞇著眼睛看著懶貓，讓他突然感覺到被狩獵者盯著看的錯覺，全身寒毛豎立，像是在警告他即將面對最嚴重的懲罰。

「你每輸一回合，就要在語尾多加上一個喵！」

「…………喵？」

「喵得不錯，很有潛力！」

「丟臉死了！」

「喵哈哈哈哈哈！」

似乎是對哥哥羞紅臉的反應十分滿意，懶貓子笑得十分開懷。

「反正不要輸就可以了吧！」

懶貓將手機從口袋掏出，以第一手天元的氣勢將它放在餐桌中央。

「說得沒錯，只是贏的人還是我喵！」

懶貓子則是用修長的手指輕輕挑起桌上的手機，讓手機在空中翻轉三圈之後在面前抓住，從機身後方射出的清澈眼神充滿著自信。

「「開局！」」

兩人熟練地打開遊戲ＡＰＰ，隨機邀請了兩個朋友開啟好友局。在打完半莊或是有人出局時結束，以兩人結束時的分數來判定勝負。

「這牌有點——唔。」

第一局起手的牌並不好，懶貓正想要像平常開臺時一樣抱怨的時候，突然驚覺這場對局和以往並不相同。

雖然還是在網路上打牌，但這次的對手就在自己的面前，多餘的表情反而會向對手透露出額外的情報。想到這一點，懶貓用盡全力克制自己的表情，然後偷偷瞄向對面的懶貓子。

「啊啊啊！牌怎麼這麼爛啦！」

懶貓子縮起修長的雙腿蹲坐在椅子上，對著手機大肆抱怨。還不時用手指在

螢幕上摩擦，嘴裡還碎碎念著「發財、發財」，想要搓牌改運。

看到這樣的懶貓子，懶貓忍不住「噗」的一聲笑了出來。這一笑讓懶貓子疑惑地抬頭看向他。

「唔！」

懶貓子愣了一會才意會過來，連忙雙手摀住嘴巴，水汪汪的眼睛瞪得老大，向懶貓投以生氣的眼神，然後嘟起嘴擺出撲克臉繼續打牌。

「被發現啦，真是可惜。」

懶貓嘴巴上這麼說，但眼角仍帶著笑意繼續偷偷觀察懶貓子。懶貓子雖然控制住了表情，但她卻不知道自己身上仍有地方背叛了她。

那就是她頭頂的呆毛。

「…………」

當懶貓子摸了牌卻遲遲不打的時候，她的呆毛會彎曲成「？」的形狀，同時還會像手指一樣點算著牌墩。這就表示她的牌選擇很多，不知道該打哪一張牌比較好。

「碰喵！」

當懶貓子碰或是吃的時候，呆毛則會豎起變成「！」的形狀，這表示她現在的情緒很興奮。如果碰完牌仍維持著豎起的狀態，就表示她已經聽牌了。若再仔細觀察她的視線變化，甚至還能夠看出她聽的是哪一門、幾張牌。

經過了好幾局的觀察，懶貓確定了以上這些規律，並藉此迴避了好幾次放槍給懶貓子的危機。他們只比彼此的分數高低，也就是只要不放槍給對方，在這場勝負中就會占有非常大的優勢——

「嗯，奇怪……」

——本來應該是這樣才對。

即使懶貓一次也沒有放槍給懶貓子，兩人的分數差距卻完全沒有拉開，懶貓只是稍稍領先而已。

原因是懶貓看到懶貓子聽牌後打法就變得保守，放棄了許多進攻的機會，雖然控制了失分，卻也很難從別人身上得到分數。

而懶貓子雖然放槍給懶貓胡了幾次，但她總是能在關鍵時刻胡別人的牌，所以兩人的分數差距並不大。

這樣的情況一直維持到了南三局，才出現了一些變化。

「唔嗯……！」

一直努力維持著撲克臉的懶貓子，終於忍不住發出了哀號聲，摸到牌之後也毫不猶豫地連續丟出么九牌，看起來是牌非常不好決定做斷么九的樣子。

懶貓等待已久的機會終於來了。

他這局的運氣不錯，開局三進聽清一色，還連續兩輪進牌，只要再進一張就能聽牌。三索我拜託你了——

「！」

當他看見摸進三索的瞬間，差點興奮到全身汗毛豎起成「！」的形狀。那感覺就像是抽卡的時候看見金卡騎職一樣，一句驚天動地的耐斯差點脫口而出。

現在懶貓只要將手中的發財丟掉就能聽牌，清一色寶牌三張八番倍滿！就算不是直擊懶貓子，一萬六千點的點數在只剩一局的情況下幾乎是贏定了。

他將手指移到發財上，卻遲遲不敢將牌丟出去。

過往的經驗告訴他，越是順利的時候就越該謹慎，目前場上還沒人丟過發財，會不會有人正好聽這張發財呢？

他再次檢查懶貓子的表情。雖然她又擺出了撲克臉，不過委靡的呆毛顯示她並沒有聽牌。就算放槍，只要不是直接放給懶貓子，應該都不影響目前領先的地位，就算扣太多分也可以在最後一局拚一下。這麼好的機會不會再有了！

上吧。

懶貓手指一滑，虛擬的發財沉甸甸地拋上牌桌——

「榮和喵！」

「咦？」

像是早就準備好似的，懶貓子在發財出現的那一瞬間，跳上桌子高舉雙手歡呼著，坐在餐桌另一頭的懶貓一臉錯愕地看著她舉行慶祝儀式。

「榮和喵！」

直到懶貓手機裡傳來了懶貓子角色胡牌的語音，他才知道發生了什麼事。

「怎麼……可能？」

螢幕上顯示懶貓子胡牌的役型——大三元役滿。

「妳——」

「妳怎麼可能聽牌了——你想說的是這個吧？」

想說的話被懶貓子搶先說出，懶貓像是心臟遭到掐緊一般，露出扭曲痛苦的

表情，腦中慢慢浮現一個可怕的想法。

「難道這都是妳設下的局……」

「當然喵！」

懶貓子發出得意的嘖嘖聲，呆毛輕鬆地在「？」和「！」之間變換著，就連鬢角的貓掌也配合節奏像懶貓做出挑釁的動作。

「想不到哥會被這種小朋友的伎倆騙到呢，這就是職業水準喵？」

「可惡……還有一局！比賽還沒結束呢！」

懶貓不甘心地迴避了懶貓子笑彎了的眼睛，專心面對最後一局。但只有一局的機會什麼也做不了，連聽牌都沒有就進入了統計畫面。

第一局的日麻對決，由懶貓子取得一勝。

「我竟然輸了……」

「嗯？你這樣說話不對吧？」

「…………我竟然輸了喵。」

「喵哈哈哈哈！」

第一回合結束，兩人之間的氣焰有明顯的消長。輕輕鬆鬆獲勝的懶貓子下巴抬得更高了，懶貓則是久久都無法擺脫被她玩弄在鼓掌之間的陰霾。

看著委靡不振的哥哥，即使是懶貓子也有些於心不忍。於是她悄悄走到懶貓身邊，溫柔地在他耳邊低語——

「現在投降的話，我可以讓你只加兩個喵哦？」

「誰要投降啊……喵！」

面對小惡魔的挑釁，懶貓怒拍桌子站了起來，還不忘在最後補上一聲喵。

「很好很好，不這樣就不有趣了喵，下一回合比什麼？」

得到期望結果的懶貓子嘴角微微上揚，坐回對面的座位之後翹起修長的雙腿，以王者的姿態從容地準備迎接第二回合的挑戰。

「我想想……」

此時的懶貓已收回最初的輕視，以挑戰者的心態面對眼前的對手——她可是外表看似美少女，智慧卻過於常人的名勝負師啊！心理戰恐怕是贏不過了，接下來就捨棄一切花招，進行技術的比拚。

「第二回合，就以音樂遊戲來分勝負吧……喵。」

「喵？」

聽見懶貓深思之後提出的挑戰，懶貓子疑惑地叫了一聲。

她會困惑也是理所當然的，因為她從來就沒有看過懶貓玩音樂遊戲。而懶貓子玩的遊戲大多都是跟著懶貓玩的，所以她對於音樂遊戲的理解也不是很深。

而這一點正是懶貓的算計。

雖然音樂遊戲他玩的不多，但玩音樂遊戲最重要的反應能力他可是沒少練過。過去他花費了多少心力在對戰遊戲上，這累積的經驗可不是一年前才來到家中的懶貓子能夠追上的。

「怕了嗎……喵？」

「哼，誰怕誰喵！」

「……這樣說話我有點混亂，可不可以不要每句話都喵……喵。」

「不行呢喵，比完這一回合就分得出來了啦！喵喵！」

「喵屁喵喵！」

在簡短的互嗆之後，為求公平，兩人一起下載了新的音樂遊戲。

「要選哪一首呢～咚咚噠～哼哼喵～」

大概是領先者的從容吧，懶貓子一面哼著調，一面滑動著選曲頁面。

「就這一首吧！」

懶貓子白皙的手指最後停駐的，是一首快節奏的舞曲，難度偏高。看來她單純只靠喜好來選擇曲目。

「好，我沒意見喵。」

既然是要比反應，難度越高越有鑑別度。如果選最簡單的入門曲，最後決定勝負的可能只是Perfect和Good的比例差距。

「算是給哥的讓步，我先來吧喵！」

「為什麼……喵？」

面對懶貓子突如其來的提議，懶貓繃緊了神經，差點忘了說出處罰字。

「喵？後攻的可以先聽過一遍曲子，比較有利吧？」

「……那為什麼不同時開始喵？」

「別傻了喵，音樂疊在一起要怎麼比啦！」

「戴耳機喵？」

「這麼熱血的場合你捨得戴耳機！我真不敢相信喵！」

「說得也是喵……」

懶貓子的提議雖然聽起來沒有任何問題，甚至是對懶貓有利。但上一回合的交鋒讓他覺得事情不像表面上看起來的那麼簡單。

「……既然如此，那我先來吧喵。」

「喵？」

懶貓子歪頭的模樣是多麼天真無邪，但懶貓已暗暗決定不會再被她的美貌所迷惑，不能讓事態繼續照著她的劇本走了。

「既然你堅持，那好吧。」

懶貓子雙手一攤，背靠椅子舒適地坐著，等著懶貓開始他的表演。

「好，來吧喵！」

在聽著前奏動茲動茲的時候，懶貓深深吸了一口氣，全神貫注在遊戲畫面上，手指也跟著節奏敲打。

歌曲第一段非常簡單，雖然節奏很快，但是並不複雜，只要跟上拍子點擊就能順利通過，可以說是熱身關卡。

很簡單嘛，難道我是天才——

進入間奏時，懶貓甚至還有空轉動手腕休息，正當他在心底開始得意忘形的時候，被接下來要面對的副歌段落嚇得瞪大眼睛。

「這尛喵！」

代表打點的音符間不容髮地落下，別說跟上節拍打在正確的位置了，懶貓現在連大口呼吸都不敢，兩根拇指像是在打小鼓一樣交替點擊。即使如此還是不斷錯過打點。隨著紅色的 Miss 不斷出現，象徵血條的能量值也越來越低，他只能繼續加快手指的速度搶救。

「Failed!」

急救無效，在遊戲開始一分三十二秒後由系統音效宣判懶貓死亡。

「哈……哈……哈……最後的那個是什麼啦……喵……」

懶貓癱坐在椅子上，對著天花板不住喘氣。他沒想到玩音樂遊戲是這麼耗費精力的事，和對戰遊戲比起來更加緊張，他之前太小看它了。

「我是六十五萬分，換妳了喵。」

雖然沒有通關，但結算畫面還是顯示了懶貓得了多少分數。只要懶貓子也通

關失敗，他就還有機會獲勝。

「ＯＫ！」

待機已久的懶貓子燃起鬥志，開始認真地做著暖身運動。她甩了甩雙手手腕、活動頸部關節、擴胸運動、拉筋、調整呆毛的位置——

「妳到底要熱身多久……喵！」

看著花樣越來越多的懶貓子，懶貓忍不住開口念她。

「這很重要耶。嗯嗯。」

懶貓子又撥弄了幾下頭髮，才滿意地點了點頭，接著繼續開口。

「人生不知道什麼時候會結束，所以每一分每一秒都要用盡全力。」

「……是喔喵。」

懶貓有些吃驚，他沒想到懶貓子也會露出這樣認真的表情。

「就像哥的信用卡不知道什麼時候會爆掉，所以每一池都要抽到保底。」

「把我的感動還給我喵！」

絕對不能輸！絕對——懶貓在心底這樣呼喊著。

「喵哈哈哈哈！」

看著懶貓氣噗噗的模樣，懶貓子笑得很開懷，看哥哥著急的模樣是她最大的樂趣。

所以，要再讓他更崩潰一點。

懶貓子舔了舔嘴唇，眼神變得像是狩獵中的豹一般銳利。在遊戲開始之前空氣就為之凝結，就連在一旁的懶貓都受到影響而忍不住屏住呼吸。

懶貓子玩音樂遊戲的動作極為優雅。不是等打點到才點擊，而是從手腕到手指都配合著音樂，宛如春風流水一般舞動著，並像蜻蜓點水般拂過螢幕，在最剛好的時間點擊打點。

雖然這種打法讓懶貓子在一開始的時候錯過不少打點，但在她熟悉螢幕感應到手指的最小力道後，就幾乎沒有因為失誤而漏掉了。

「哼，這種打法進到副歌之後就行不通了……喵！」

懶貓對於她的做法嗤之以鼻。雖然動作看起來很美，但後半段的難度不可能讓她這樣通過，反而是在測試時漏掉的幾個打點有可能會成為勝負的關鍵。

果不其然，當節奏驟變進入副歌環節的時候，情況改變了。

像是雨勢逐漸變大的湖面一樣，音符掀起的漣漪逐漸覆蓋了整個螢幕。懶貓

子開始大量失分，能量值也越來越低。但懶貓子並沒有改變身體律動的節奏，仍然和歌曲的節拍同步起伏著，只是加快了手指掠過螢幕的頻率。

漸漸地，遺漏的打點越來越少，原本被打亂的湖面竟慢慢恢復平靜。雨依然狂暴地下著，但每一個音符都被她的手指撿拾了起來。

「……不會吧。」

看著懶貓子在遊戲中不斷進化，懶貓驚訝地張大了嘴。

明明只差一次失誤就會失敗，卻被她的妙手一次又一次地救了回來。再不趕快出局的話，這一回合他又要落敗了。

而懶貓的希望，就寄託在那致命的陷阱。

讓懶貓出局的最後一個點設計得十分巧妙，玩家雙手的手指會被連續的同時點擊吸引到最左邊，此時最右邊會有一個打點躲在右手遮住的視線死角迅速通過，當玩家注意到的時候已經來不及了。

只要懶貓子也死在這裡，勝負就不好說了。

就是這裡！

「！」

當潛行的刺客出現在視野的那一瞬間，懶貓子的表情第一次發生了變化。她的大眼睛明確地捕捉到了竄出的音符，但雙手卻早已往下一個打點移動，看樣子是來不及收回來了。

「嘿嘿嘿，妳也中這招了——」

懶貓正想要開口調侃，卻在看見懶貓子的表情後愣住了。

——她在笑。

還來不及理解這個笑容是什麼意思，懶貓子突然轉動頸部，頭頂上的呆毛順勢甩出，在完美的時機將最右邊的打點消除。

「……啊油奇丁祕喵（Are you kidding me）？」

懶貓一邊捏著自己的臉頰一邊說著彆腳的英文，他不能接受這個現實。

用呆毛玩音樂遊戲？從來沒有聽過，我一定是在作夢，對，一定是作夢！

但是現實是殘酷的。懶貓子不只度過致命陷阱，她雙手和呆毛並用，完美俐落地通過了接下來所有的關卡，直到音樂逐漸停止。

『Clear!』

「我贏了！」

當懶貓子霸氣地將手機畫面給懶貓看的時候，結算畫面上的數字遠遠超過了懶貓的分數。

「不可能……妳怎麼可能這麼厲害喵！」

「嗯——？」

懶貓子將臉逼近懶貓，充滿笑意的眼睛瞇成兩道弧線，不懷好意的笑容露出了尖尖的虎牙，提醒懶貓懲罰已經加倍了。

「……喵喵。」

「喵哈哈哈哈！」

懶貓子雙手扠腰，滿意地哈哈大笑。最後才正面面對懶貓的疑問。

「這種手忙腳亂的遊戲，怎麼可能難得倒能同時玩兩支手機的我呢？」

懶貓子抬頭挺胸擺出十分得意的姿態，同時一面用貓掌狀鬢角拿著手機，再以呆毛在螢幕上流暢地打字，轉給懶貓看。

『當我不必分心玩兩支手機，專注在一支手機之上時，世上還有人敢誇口……可以打敗我？』

「你還算是人嗎……喵喵。」

懶貓子表現出來的技術讓懶貓瞠目結舌，他雖然知道懶貓子遊戲玩得很瘋，同時肝兩三個遊戲是家常便飯，但他沒認真看過她玩遊戲的模樣，因為他自己同時也在肝一樣的活動。

「喵哼哼～～」

懶貓子的呆毛開心地像貓尾巴一樣甩來甩去，和哥哥的遊戲對決讓她的心情很好，一對像貓耳的頭髮也輕輕抖動著。

看著懶貓子不科學的頭髮，懶貓再次懷疑這個妹妹的來歷。

懶貓子在大約一年前突然出現在家裡，個性和現在完全不一樣。除了說自己是懶貓的妹妹之外什麼也不說，也對其他東西都沒興趣，整天只默默地跟在懶貓身邊，像隻難以捉摸的貓。

直到她看見懶貓玩手機遊戲後，才開始出現變化。

懶貓子總是趴在懶貓背上用閃亮亮的大眼睛死盯著螢幕，趴到懶貓受不了了把自己的備用機給她用，她開始沒日沒夜地玩著遊戲。

接觸遊戲後，懶貓子的社交能力成長飛快。不只話多了起來，連表情也開始變得豐富，並在一年後變成了像現在這樣活潑任性的電玩美少女。

雖然這一切乍聽之下簡直在鬼扯，彷彿是個沒有妹妹的死宅男的幻想……

「怎麼樣，第三回合要比什麼呀，喵喵仔。」

「…………」

面對懶貓子擅自冠上的屈辱稱號，懶貓緊咬著嘴脣忍著不回嘴。

——接下來該怎麼辦呢？比心機比不過，比反應比不過，到底要怎麼做才能夠挽回這個劣勢？這個披著美少女外皮的野獸到底要怎麼攻略。

思路百轉千迴之後，懶貓終於開口說出最後的決斷。

「剛剛的投降提議還算不算數喵喵？」

「不行呢喵～～」

——沒救了啊！

懶貓抱著頭發出無聲的吶喊，他實在想不到任何手段能夠從這個無敵的女武神手中獲得一勝。抽五星的機率1%雖然很低，但跟他對上懶貓子的勝率比起來簡直就是無限大了。

「喵喵？」

想到這一點，懶貓突然像是頓悟什麼了一樣，瞪大了眼睛。

「我想到要比什麼了……喵喵。」

「嗯嗯？說吧說吧。」

懶貓子展現出王者的從容，她有絕對的自信能夠在所有遊戲裡擊敗懶貓。

「來抽卡對決吧！喵喵！」

「喵？」

懶貓終於在最後找到了唯一的致勝之道，就是機率。不看任何能力，只憑運氣，這正是弱者能夠和強者一戰的公平舞臺。

只是，還有個唯一的問題。

「你是瘋了喵？你確定要比抽卡？」

懶貓子不可置信地看著懶貓，看來她也很清楚懶貓抽卡的輝煌戰史。

懶貓是個知名實況主，而他最出名的一點，就是那聞者傷心，聽者落淚的出

卡機率。特別是他為了抽一隻角色花了二十五單，而且紀錄還在持續中。

「我確定，妳不會是怕了吧！喵喵！」

「這的確是你最有機會贏過我的項目了。想不到猴子也會動腦啊！」

懶貓自信地笑著，他堅信自己無止境地消業障，就是為了這一天。而懶貓子則是二話不說接下了懶貓的挑戰。

兩人沒事先溝通就同時打開了同一款遊戲。懶貓看著右下角不停跑著的小狗剪影，心中暗自祈禱等會能夠多看牠幾眼。

「「最終回合，開始喵喵！」」

「阿橘～～你肚子餓了嗎～～」

懶貓子躺在木頭地板上，纖細白皙的雙手高舉著一隻圓滾滾的橘貓，寵溺地逗著牠玩。

「喵～～喵～～」

阿橘則是懶得掙扎，只是張著嘴不停地喵喵叫。

「只是無聊啊？那去找哥哥玩，去吧去吧，他現在可好玩了。」

也不知道懶貓子是不是真聽懂了，她把阿橘放到地上，貓咪一落地就緩緩地走向正在講電話的懶貓身邊。

「是，喵喵喵。對，是我本人喵喵喵。啊不，我不是喵喵喵，我是蘭先倫本人沒錯喵喵喵。等等，別生氣啊，我沒有整你的意思喵喵喵——」

聽到這個對話，不用說也知道剛才的比賽結果如何。

懶貓本來打算沉默寡言到懲罰時間結束，沒想到卻因為連續抽了太多單，銀行打電話來確認消費，於是就變成了現在這個狀況。

「喵～～喵～～喵～～」

阿橘聽見鏟屎官喵喵叫似乎覺得很有趣，於是攀在懶貓腿上跟著他叫。

「阿橘，別鬧喵喵喵！等等，你別鎖卡啊客服小姐，是我喵喵喵！是我本人消費的沒錯啊喵喵喵！我很認真，喵喵！阿幹，你害我少喵一下了喵喵喵！又要多罰一小時了……不是，我不是凶妳——」

「喵～～喵喵～～」

「閉嘴啦喵喵喵！唉？喂？喂？喵喵喵？啊啊啊喵喵喵！」

在確認電話被掛掉之後，懶貓自暴自棄地將手機丟到一旁撲向阿橘，一人一貓扭打成一團。

「噗嗚！」

「喵～喵喵！」

在阿橘連續的貓拳發威之下，懶貓很快就落於下風，躺在地上露出肚子，而阿橘看到他這副模樣，也收起貓掌走到他頸邊蹭了蹭，最後趴在他的肚子上睡起覺來。

阿宅跟阿宅貓決鬥，看來還是主子技高一籌。

「我在家中的地位啊……喵喵喵。」

「當然是最低的喵！」

懶貓子反向跨坐在椅子上，俯視躺在地上的懶貓，臉上盡是滿意的笑容。

她背後襯著天花板吊燈的黃光，整個人像是被聖光籠罩一般，加上她那出塵的美貌，宛如從天而降的天使。

——我的妹妹真美啊。

平常不管懶貓子怎麼胡鬧，只要看到她這副模樣，懶貓總是會原諒她。

但是今天不能就這樣罷休。

懶貓推開阿橘坐起身來直視懶貓子，臉上的表情前所未有的認真。

「妹，我有話要對妳說。」

「對不起，你是個好人。」

「我要說的不是這個！」

「對，你忘了喵再罰一小時——好啦，算了，你想說什麼？」

懶貓子還想繼續開玩笑，不過懶貓的表情讓她就此打住。因為今天玩得很開心，她決定就這樣放過他也無妨。

「妳真的不能再像現在這樣毫無節制地課金了。」

「為什麼喵！人家明明就贏了！」

懶貓子屈起雙腳夾住椅子，像一隻炸毛的貓咪，對懶貓發出不滿的聲音。

「因為再這樣下去，我們就連生活費都成問題了。」

懶貓攤開信用卡帳單和帳戶存摺，逐月上升的消費額和逐漸減少的存款，都顯示了這個家的經濟狀況惡化的事實。

「那都是因為哥抽卡運越來越糟的關係吧，噗噗。」

「我的錢要怎麼花是我的自由好嗎！」

懶貓子鼓起臉頰，向懶貓做了一個很可愛的鬼臉。以往懶貓看到這招就融化了，但今天的他卻像是聖人模式一般不為所動。

「如果再這樣下去的話，我們的三餐大概就只能吃——」

「吃土嗎？就算要吃土我也不能捨棄課金。」

「——香蕉了吧。」

「只有那個絕對不行！」

「真香。」

「太噁心了喵！香蕉是來自外星球的噁爛食物！你這隻愛吃香蕉的猴子，去拍你的決戰猩球啦！」

看著懶貓對著空氣香蕉剝皮的動作，懶貓子下意識後仰遠離他，露出嫌惡的表情。

「所以囉，不想變成那樣的話，妳要節制。」

「嗚嗚……」

桀驁不馴的懶貓子縮成一團嗚咽著，看來香蕉攻擊對她來說十分有效。

「不然還有一個方法。」

「喵！是什麼！快告訴我喵！」

聽到還有一線生機，懶貓子雙眼發光，甩動著呆毛靠向懶貓。看來無論如何都不可能要她放棄課金這個選項。

「妳，給我去工作！」

第二章

自從懶貓要求懶貓子自己工作來支付課金費用後，她變得十分認真。

「工作工作——」

不管做什麼事，她總是會喃喃自語著。

「工作工作——」

甚至是在玩手遊的時候，她仍對工作念念不忘。

「說是要工作，不過要做什麼啊喵？」

「結果妳還沒想到嗎！」

發現妹妹只是嘴上說著要工作，懶貓忍不住開口吐槽。

「哼哼，我出生到現在從來沒想過工作這兩個字。」

「拜託妳爭氣點。」

「話說回來，哥昨天抽卡實況也開到太晚了吧，又抽了幾單喵？」

「……………十二單。」

「拜託你爭氣點。」

懶貓子使出了精神攻擊，效果十分卓越！

順帶一提，同樣的角色，懶貓子在剛剛吃午餐的時候用一單就抽滿了。

「那、那是我的工作啊，要是不抽這麼多，老闆還會嫌我的臺難看耶。」

「不過還是比你計畫中的多吧。」

「……對。」

「喵哈哈哈……對了！」

就在懶貓子按照慣例調侃哥哥的時候，一個念頭突然一閃而過，她興奮地握拳跳了起來。

「不如我也來開實況好了喵！」

「啊？」

懶貓看著笑得天真爛漫的懶貓子，就知道她啥也沒想就一頭熱。

「要實況也不是不行啦，不過妳知道怎麼實況嗎？」

「？」

看著懶貓子一臉貓咪問號的表情，懶貓壓著發疼的太陽穴向她解釋。

「首先妳要有一臺電腦，還要在電腦上安裝ＯＢＳ，設定實況環境，最後一切上軌道之後，還要設定斗內和訂閱——」

「等等等等等一下喵！」

一下子聽見這麼多東西，懶貓子小小的腦袋瓜開始混亂了。看來除了玩遊戲的天分之外，她在其他方面真是一竅不通。

「一、一個一個說！」

「好好好。」

懶貓嘆了一口氣，準備配合懶貓子的程度說明。

「電腦，ㄉㄧㄢˋ ㄋㄠˇ，是人類發明的運算裝置——」

「不需要從這種程度開始說明！當我三歲小貓啊！」

「貓三歲換算成人類年齡都快變成魔法師了啦！」

「喵～～！」

被懶貓嘲笑的懶貓子撲上去拉扯他的臉頰，一旁的阿橘似乎也不喜歡這個例子，原地高高跳起「啪啪」賞了懶貓兩記貓掌耳光。

「好痛！妳到底想不想學啦！」

被人貓 combo 擊敗的懶貓，摀著發腫的臉頰向他們抱怨。

「當、當然想學啦。阿橘來，我們坐好。」

「喵～～喵～～」

懶貓子抱起阿橘在位子上坐好，在她懷中的阿橘仍不斷伸出肥短的前腳朝著懶貓揮舞。

「電腦妳知道是什麼我就不多說了。實況最需要的東西就是ＯＢＳ，有了它才能夠在電腦上實況，不管是要在什麼平臺直播都需要ＯＢＳ。」

懶貓子本來決定認真聽講，但她很快就發現懶貓這一段話基本上都在講一樣的東西，除了實況需要ＯＢＳ之外什麼都沒有解釋。

「哥！可以問個問題嗎喵？」

「妳問吧。」

「ＯＢＳ到底是什麼？」

「是實況用的軟體。」

「但具體來說，它有什麼樣的功能，為什麼實況需要它。」

「呃……」

或許是沒想到懶貓子會問得這麼深入，懶貓一時之間不知道要怎麼回答。

「哥？」

「當、當然是看妳需要什麼嘛。」

「好，需要什麼？」

「妳需要實況啊。」

「天啊！」

看著眼神閃爍支吾其詞的懶貓，懶貓子忍不住翻了個白眼，本來想要認真學習的心態瞬間丟得一乾二淨。

「我知道我需要實況，但是具體上ＯＢＳ有什麼功能、能做到什麼程度、至少是哪三個字的縮寫，你要告訴我啊！」

「總、總之妳現在需要實況，從買電腦開始的所有目標，就是往安裝ＯＢＳ來實況這個目標前進。這個ＯＢＳ就是其中之一，好不好，不要再問了！」

面對打破砂鍋問到底的懶貓子，懶貓強勢中斷她的提問。

——開什麼玩笑，要是再讓她問下去，不就要被知道我什麼都不會了嗎。

「……你真的懂ＯＢＳ嗎？」

「根本沒人在意過那是什麼的縮寫啦！不然妳知道那是什麼？」

懶貓子向懶貓投以悲哀的眼神，受不了的懶貓決定反問她。

「呃……」

突然被反問的懶貓子不想承認自己和懶貓是同等級的無知，於是硬是轉動自己的小腦袋瓜想要想出一個合理的答案。

「歐爸洗內（OBaShine）？」

「這到底是哪一國語言的縮寫啦！」

「翻成中文是『哥哥去死吧』，我覺得很合理的喵。」

「合理個屁！為什麼實況會需要哥哥去死啊！」

「感覺會紅？」

「……可惡，我竟然無法反駁。」

明明是懶貓授課的場合，卻又慢慢被懶貓子掌握了主導權。覺得這樣下去不行的懶貓強勢地將話題帶回來。

「我還有一臺剛換下來的電腦，那臺就給妳用吧，只是實況手遊的話應該沒問題。ＯＢＳ和環境設定的部分，我會找公司的人來幫妳弄。」

「啊啊！沒關係，我自己研究就好了喵！」

「為什麼？找專業的來比較快吧。」

看見懶貓打算打電話的模樣，懶貓子連忙揮手制止。在懶貓的疑問下，她才

不好意思小聲地說。

「ＯＢＳ……殺死哥哥這件事我不想交由他人之手。」

「我去妳的。」

「嗯……」

懶貓子抱著阿橘，盤腿坐在自己房間的椅子上，嘟著嘴脣沉思著。

「喵～～呼嚕嚕～～」

阿橘瞇著眼睛蹭著懶貓子的手臂，在她的撫摸之下發出舒服的呼嚕聲。

「嗯……該怎麼弄喵？」

她從懶貓那搬來了一臺電腦並安裝好，卻已經盯著樸素的桌面不動好幾分鐘了，可愛的臉蛋因為過度困擾而皺成了一團。雖然剛剛拒絕了懶貓的幫助，但懶貓子對於實況環境的設定完全沒有頭緒，不知道要從哪裡下手比較好。

「總而言之先估狗吧！」

懶貓子打開瀏覽器，把游標移到搜尋欄上又停了下來。

「哥說的那個軟體叫什麼來著？歐爸洗內……啊！ＯＢＳ喵！」

用獨特的聯想方式找到答案了之後，懶貓子哼著歌輕快地敲打鍵盤。

「喔喔，找到了！原來ＯＢＳ是這個的縮寫啊，真是無趣喵！」

雖然是理所當然的，但看著跟哥哥和去死都沒有關聯的ＯＢＳ原文，懶貓子還是癟了癟嘴。

「……然後呢？」

安裝好ＯＢＳ並沒有解決問題，反而冒出了真正的疑問——到底要怎麼用ＯＢＳ來實況？

打開的視窗中間只有一塊黑壓壓的區域，其他操作介面的部分分成好幾個區域，雖然寫的都是中文字，但懶貓子完全看不懂到底要怎麼使用。

「為什麼沒有新手教學喵！溫柔可愛的指導員角色呢！不是應該讓我跟著指示點點點，直到第一次實況成功出現畫面為止嗎！」

弄了一陣子仍找不出頭緒的懶貓子惱羞成怒，開始數落程式的設計。最後她還是乖乖地去估狗找教學，一步一步按照教學去做，最後好不容易才成功在實況

平臺上放出測試的視窗。

「喵哈哈哈！這世界上果然沒有我辦不到的事喵！」

「喵喵～～」

懶貓子興奮地站起身來，高舉右手朝斜上方揮出，勝利的笑聲迴盪在小房間裡。從她身上被甩到桌上的阿橘，也朝她指的方向喵喵叫應和著。

「那麼接下來，就是讓世界見識見識遊戲天才的時刻了喵！」

懶貓子雙手俐落地收到腰間，像是拔出雙槍一般抄起兩隻手機，雙臂在胸前交錯定格，翻轉數圈的手機早已解鎖打開了遊戲ＡＰＰ。

……

…………

「…………要怎麼實況手機畫面？」

經過剛才的測試，她已經知道是在電腦上的視窗就能傳到實況串流上，但她想實況的是手機遊戲啊。

「靠近一點用藍牙喵？」

她異想天開地把手機貼近電腦主機，想看看是不是會把畫面傳輸過去。

登登登登登登登～登登登登登登登～

不管手機上的遊戲登入頁面BGM重播了幾輪，眼前的電腦螢幕也絲毫沒有變化，她越維持拿手機貼著電腦的動作，就越覺得自己愚蠢。

「喵！」

她臉紅地收回手機，並下意識左右張望，確認沒有人看見她剛才的大笑和耍帥的動作後，乖乖坐回椅子上敲打鍵盤估狗。

「要實況手機遊戲的話……還需要外接擷取卡或是下載模擬器……可以說中文嗎這些又是什麼東西啦！喵了發！」

懶貓子氣得直接從椅子上彈起來，雙手做出翻桌的動作崩潰大叫。

「喵嗚喵～～」

而阿橘似乎覺得很有趣，也抬起前腳學著她叫了幾聲。

至於後來懶貓子再度紅著臉左右張望之後，乖乖照著教學下載模擬器，那又是另外一段奮鬥故事了。

「妳開始實況了嗎？」

幾天後，懶貓向懶貓子詢問這件事。

「嗯，開始啦。設定實況什麼的怎麼難得倒我呢喵！」

「哦哦，挺厲害的嘛。我記得顯示聊天室和事件提示圖之類的設定我當初研究了好久呢。」

「？」

聽到陌生的名詞，懶貓子眨了眨漂亮的大眼睛，嘴巴變成「ω」的形狀，一臉貓咪問號的模樣。

「怎麼了？」

「沒什麼！不過就是……那個嘛！我當然三兩下就搞定囉！喵哈哈……」

為了不被懶貓發現自己的心虛，懶貓子逞強地笑著，心裡想著等等回房間一定要趕快去查一下那是什麼。

「真了不起。對了，妳的實況帳號是什麼？」

「喵！你問這個幹什麼！」

就在懶貓子以為蒙混過去的時候，被懶貓這個問題嚇得肩膀縮了一下，防備性地追問他的用意是什麼。

「只是想有空的時候可以看一下，順便幫妳宣傳啊。」

「不需要！我靠自己就能夠大紅特紅了！到時哥就知道我的帳號了喵！」

懶貓子雙手交叉於胸前，鼓起臉頰向哥哥賭氣。

「最好是啦～」

懶貓隨口吐槽著，並伸手揉弄她的頭髮。

他知道這個妹妹不會隨便向人示弱求救。不過因為她逞強的模樣很可愛，所以懶貓一有機會就會像這樣刺激她。

「……不要這樣喵。」

懶貓子雖然嘴巴上很厭煩，但她並沒有閃開或撥掉懶貓的手，只是把視線移開嘟嘴咕噥著。

「對了，還有另一件事。」

「喵？」

當懶貓把手收回來的時候，懶貓子在一瞬間將臉轉回來露出不滿的表情，不過在她看見懶貓認真的表情之後，把到嘴邊的抱怨又吞了回去。

「妳要不要加入我的經紀公司。」

「哥的經紀公司？」

「嗯。」

懶貓點了點頭，並且繼續往下說。

「如果妳想認真做實況這個工作，加入一個經紀公司是有好處的。他們會幫妳安排工作，在實況上也會給予必要的幫助，策劃和其他實況主的共同活動拉抬知名度……等等，我覺得是一個不錯的選擇。我已經和公司說過了，妳可以直接加入。」

「嗯……」

對於懶貓的這個提議，懶貓子以往毫不考慮就會拒絕。不過她也知道當哥哥用這樣的表情跟她說話時，這件事就必須好好考慮。

的確，雖然她已經成功實況了，但這幾天下來並沒有幾個觀眾，懶貓剛剛說的幾個能幫助實況的功能她也不知道。放著她自己摸索的話，實況的成長速度應該快不起來吧。

「我拒絕喵！」

但是即使明白這一點，懶貓子還是斬釘截鐵地拒絕。

「憑我的實力，一定一下子就會超越哥的！要是我們在同一間公司裡的話，你的工作不就會被我搶走了嗎。我可是為你好啊喵！」

「是嗎。」

「就是這樣喵！」

懶貓聳了聳肩，看起來對於這個回答並不是很意外。

「那就隨妳便吧，不過如果只是不想和我同一間公司，我這邊還有幾個選擇可以推薦給妳，等等就把資料傳給妳看看。」

「就說了我不需要幫忙了喵！」

懶貓子嘟著嘴把頭撇開，過了一會傳來了極為細小的聲音。

「……不過，還是謝謝你。」

「哦。」

懶貓隨意應了一聲，嘴角微微上揚。

「呼……終於搞定了。」

懶貓子回到房間後花了一個小時左右研究了一下顯示聊天室和事件提示圖，現在她的聊天室會出現在實況畫面上，有人追隨時也會跳出提示音效和預設的動圖。只是聊天室仍然沒有人說話，提示音效也只有在測試時才發出過聲音。

即使如此，她還是對此感到很滿意。

「這是靠我自己做到的，對吧。」

她輕輕咬著下脣，用彷彿說給自己聽的語調說著，臉上的表情稍微有些沉重，和平常的她看起來不太一樣。

「喵喵～～」

阿橘抬起頭瞅了一眼懶貓子，似乎是察覺了主人的心情，牠一邊叫著一邊磨蹭著懶貓子的腳，想要讓她放鬆一點。

「謝謝你，阿橘。我沒事的喵！」

懶貓子俯身抱起阿橘放在她大腿上，跟平常一樣地笑著露出可愛的虎牙。

「開始今天的實況 Party 吧！」

懶貓子打開遊戲，開始一股腦兒玩起遊戲來。

「還是這個感覺最熟悉了喵！」

一接觸到最擅長的遊戲，懶貓子就完全沉浸在了遊戲的世界裡，過了好幾個小時之後才想起來自己正開著實況。

「來看看現在多少觀眾了喵～～」

懶貓子哼著歌，既期待又怕受傷害地打開實況頁面，想知道自己這段時間的努力有多少收穫。

「…………一個人？」

看著視窗上顯示的人數，懶貓子眨著眼睛不敢置信。

而且這唯一的一個還是懶貓子設定的聊天室機器人，也就是說實際上現在並沒有任何觀眾。

「為什麼喵！這不可能！」

懶貓子徹底崩潰了。

她自認展現了無人能及的遊戲技巧，沒道理完全沒有人看啊！難道大家看實況不是看技術的？

她開始回想自己看實況的經驗，突然發現她只看過幾次懶貓的實況，而且只是想看看他整個晚上鬧哄哄的到底在幹什麼。

「所以觀眾們到底想看什麼呢……對了！聊天室！」

她連忙檢查聊天室，想知道這段期間有沒有人說了什麼。雖然現在沒有觀眾，但也許中間有很多人來看也不一定。

『臺主安安。』

除了這句話之外，這幾個小時之間就沒有人留言了。

「搞什麼喵！人都去哪裡了！」

懶貓子激動地高高跳起，然後垂直落下整個人癱坐在椅子上。

「……我應該回他話才對。」

錯過了和觀眾互動的機會，懶貓子看著天花板大大嘆了一口氣，頭上的呆毛也沮喪地垂了下來。

登愣！

就在這時，追隨的音效響了起來。懶貓子的呆毛在第一時間有所反應，接著整個人從椅子上彈起，她緊張地蹲在椅子上盯著聊天室。

『安安，第一次來。』

『安安啊喵！』

一個名叫藍藍路的觀眾剛在聊天室留言，懶貓子就瞬間送出回覆，然後雀躍地等待對方的回音。

『這臺是在做什麼的啊？』

看到對方這麼問，懶貓子不由自主地皺起了眉頭。

「用看的不就知道了，這臺就是手遊實況——啊。」

直到此時懶貓子才發現忘記修改實況的標題，上頭還掛著「實況測試」四個大字。

『這裡是手遊臺喵～可以欣賞喵喵我超～～強的遊戲技術！』

『那你都玩什麼遊戲呢？我看你的分類好像也沒改。』

『我什麼都玩哦喵！而且每個都很厲害！』

懶貓子一面興高采烈地和觀眾聊著，一面修改了標題和實況分類。然後像是炫技一般把所有擅長的遊戲玩過一遍。觀眾人數也慢慢增加，終於突破了兩位數。

『哇！臺主真的很厲害耶！』

『嘿嘿嘿……』

聽到由衷的讚美，懶貓子整個人心花怒放，開心地在椅子上扭來扭去。

『對了，臺主不打算開麥和視訊嗎？』

『不需要！我靠遊戲的實力就可以了喵！』

因為從懶貓那接收電腦時並沒有附麥克風和視訊鏡頭，所以她從來沒想過這個問題，也覺得那不是必要的東西。

沒錯！之前沒觀眾只是標題和分類的問題，接下來一定會一飛沖天的！

『真可惜，還想看看臺主是怎樣的人呢。』

『儘管想像吧！我就是很偉大的人！』

『那我要先走了，下次再來看你。』

『掰喵～～我也要關臺了。』

和藍藍路道別之後，懶貓子的心被塞得滿滿的。與觀眾的互動比她想像中還來得有趣，實況除了遊戲之外，似乎還有很多很多有價值的東西。

叮咚。

手機發出收到訊息的聲音，是懶貓傳來關於經紀公司的資訊。

「經紀公司啊……」

如果和經紀公司合作，是不是和粉絲就會有更多種不同形式的交流呢？

「或許可以試試看呢～～」

懶貓子撲向床鋪，兩條腿啪噠啪噠地交替拍打著，哼著小曲研究懶貓給她的資料。

「喵喵～～」

「阿橘，你在對著門口叫什麼？過來，來我旁邊。好乖好乖～～」

「喵～～」

阿橘聽話地跳上床，在懶貓子枕邊翻肚肚，和她頭碰頭一起舒服地躺著。

第三章

「要不要出門一趟？」

「你是被雷劈到了嗎？」

接近中午的時候，平時不怎麼出門的懶貓突然這樣說，讓正在刷手遊的懶貓子感到十分驚訝。

「我想你實況時應該會需要麥克風和視訊鏡頭吧，我們一起去買？」

「蛤～～我不想出門，好懶哦。而且活動也還沒刷完……」

懶貓子人如其名，懶惰地趴在桌上用下巴撐著，跟一旁趴成一坨的阿橘看起來有87％像。

懶貓看好好一個美少女頹廢成這樣，輕輕嘆了一口氣說：

「不然我們順便買衣服？」

「真的嗎！」

懶貓拋出的餌正中紅心，懶貓子立刻把頭抬起來，雙眼閃閃發光。

「我想買新衣服想好久了！老是和哥穿一樣的 T-shirt 快受不了了！」

「有那麼糟嗎？我覺得妳穿挺好看的啊？」

「糟的不是衣服，是哥。」

「妳！這是主觀偏見！」

兩人此時身上穿著同一件衣服，但映照在彼此視野中的效果天差地遠。

「阿橘也這樣覺得對吧！」

「喵～～」

就連阿橘也偏向懶貓子，撲在她懷中用肉球快樂按壓著衣服上的圖案。

「……總之準備一下，我們出門去買東西。」

「好了喵！」

「太快了吧！」

懶貓子只是將手機收進喵喵包裡並把包包綁在大腿上，同時在頭髮上夾上幾枚星星髮夾就準備完畢了。

「我隨時都處於能夠出門的完美狀態啊，跟哥不一樣啦！」

「妳說什麼！」

被人如此挑釁，懶貓豈能忍氣吞聲。他理直氣壯地站到懶貓子面前，看了看懶貓子，又看了看自己。

「——給我五分鐘。」

「五分鐘夠嗎？要不要給你十八年？」

「誰要砍掉重練啦！」

「喵哈哈哈！」

至於五分鐘後自信登場的懶貓被懶貓子用怎樣的眼神憐憫，這裡就不多加闡述了。

「喵喵喵～～喵喵喵～～」

買完東西回家的路上，懶貓子一邊哼著歌一邊小跳步，心情看起來很好的樣子。

「喂！別走這麼快，很重耶！幫忙拿一點好不好。」

跟在後頭的懶貓雙手提滿袋子，裡頭裝的是剛剛買的東西。

「別囉哩八唆的喵！付錢的人可是我耶！」

「還不是用我的卡！」

剛剛結帳的時候，都是懶貓子從喵喵包裡摸出懶貓的信用卡刷卡，而且不管懶貓沒收卡片幾次，她都能夠再次將卡片從同一個地方拿出來。

「話說回來，妳到底是怎麼做到的？」

「用魔法啊喵～～不然你以為信用卡為什麼叫做魔法小卡。」

「工尛……」

「喵哈哈哈！好啦，幫你拿一點。要感謝我唷喵！」

「真是的……謝囉。」

懶貓子按照慣例戲弄完哥哥之後，湊上去接過裝衣服的紙袋，然後看著袋子裡的衣服嘻嘻笑著。

「哎唷，這不是阿倫嗎。」

「喵？」

一位大嬸叫了懶貓的名字，不認識她的懶貓子困惑地歪著頭。

「妳好。這是我們的鄰居，快打招呼啊。」

「喔……妳好。」

「呵呵呵，真有禮貌。」

大嬸看著乖乖打招呼的懶貓子，露出和藹的笑容。接著有些八卦地向懶貓詢問：

「小女朋友啊？」

「噗嗤！」

面對這突如其來的問題，兩人一起岔了氣咳嗽不止。

「不、不是啦！這是我妹妹！」

「哦哦哦，是妹妹啊。在哪裡念書啊？」

大嬸瞬間露出了失望的表情，接著又打起精神繼續聊天，真是個敬業的鄰居大嬸。

「咦？」

這次換懶貓愣住了。

懶貓子來到懶貓家的時候，他自己已經離開學校一段時間了，完全沒有想到懶貓子的教育問題，每天就放任她在家裡遊手好閒。

「阿倫？」

「啊？呃……我妹她才剛搬過來，還沒有辦好轉學。」

「難怪之前沒看過這麼可愛的小丫頭。還以為是我老糊塗了呢！」

「哈哈哈……哈哈……那我們先回去囉，再見。」

「拜拜～～」

告別大嬸之後，懶貓在回家的路上一直思考著學校的問題。

懶貓子則是還在為了大嬸的稱讚而竊喜，就這樣拎著紙袋轉圈圈。

「喵嘿嘿，人家說我很可愛呢～～」

「妳啊，小心別揮到人。」

懶貓皺著眉頭苦笑。這丫頭總是像小朋友一樣，是學校沒教好嗎？

「妳到我家來之前，在哪邊上學啊？」

「喵嗚！」

被問到學校，懶貓子的動作突然僵住了，呆毛也警戒地豎起來。

「這麼久以前的事，早就忘記了喵！」

「也不過一年以前。」

「俗話說一日不見，如隔三秋。一千多年前的事太遠了太遠了。」

「真不愧是我妹，很能扯啊。」

——這麼看來，她是在前一所學校遭遇到什麼事了嗎？

看著懶貓子這麼不想面對學校的話題，懶貓在心中做了些推測。

一年前懶貓子突然來到家裡，自稱是懶貓的妹妹，關於其他的來歷閉口不談，不管由誰來看都會覺得十分可疑，懶貓自己當然也不相信。

但當時她孤獨的身影就像一隻流浪的貓咪，讓人無法置之不理。

「好想趕快回家試穿衣服喵！不過我這麼可愛，穿什麼都很好看吧！哥你想看我穿哪一套？」

看著懶貓子像花朵一樣綻放的笑容，懶貓覺得有些欣慰。現在懶貓子的表情已經變得很豐富了，差不多也可以回歸校園生活了吧。

「我想看妳穿制服。」

「…………」

聽到懶貓這麼說，懶貓子露出厭惡的表情向後退了好幾步，同時用紙袋擋著自己的身體。

「原來這就是你帶我去買衣服的原因？你是猴子嗎！」

「妳想到哪去了！」

突然被自己妹妹指著鼻子罵，懶貓連忙辯解。

「我是要妳去上學啦！」

「喵？上學？我可以去上學嗎？」

聽到懶貓這麼說，懶貓子的表情瞬間亮了起來。

「當然可以啊，不如說義務教育不去的話反而會出事吧。」

「耶！上學～～我可以上學了喵！」

懶貓子一邊跳躍著一邊歡呼，看她這麼高興，懶貓反而覺得很奇怪。

「怎麼這麼想上學啊……」

「死庫水、運動短褲和水手服可是我婆三神器耶！不去看看怎麼行！」

「……臺灣的學校沒有前兩樣東西。」

「那至少會有可愛的學妹黏在我身邊，對我喊著『前輩前輩』吧！」

「……妳剛入學只有當學妹的份吧。」

「學校太沒有夢想了喵！」

看著懶貓子鼓起臉頰抗議的可愛模樣，懶貓倒是在心中描繪起懶貓子穿水手

服撒嬌地喊著「前輩前輩」的情境。

——可惡，想復學。

懶貓替懶貓子辦好了所有手續，讓她就讀附近的一所國中。

「嗯……自我介紹要怎麼說比較好呢？」

站在教室外的走廊，懶貓子的小腦袋瓜咕嚕咕嚕地打轉。

她身上穿著這所學校的制服。白色的短袖襯衫外搭粉紅色的背心，胸口還有一個大大的紅色蝴蝶結。下搭一件深色的百褶短裙，與長度恰好包裹住小腿肚的長襪構築出一段無敵的絕對領域，將她美腿的線條完美呈現。

傳說中的美少女轉學生——如果是動漫的話，一定會被這麼傳頌吧。

「好，就這麼做吧！」

就在她終於決定好怎麼演出這場秀時，教室裡正好傳來了導師的聲音。

「妳可以進來了。」

懶貓子深深吸了一口氣，露出無畏的笑容大步踏進教室。

「哇！」

懶貓子的美貌立刻引起眾人的讚嘆，不過她似乎並不以為意。她按照預定站到講臺正中央，拿起粉筆在黑板上叩叩地畫著。她先是在黑板上半部畫了五顆星星，接著用黃色粉筆畫了一個長方形的空心外框。自己則是站在框框的中間，像是幫自己畫了一張卡面一樣。

「Gamer，懶貓子。試問，你們就是我的同學嗎？」

懶貓子右手像是握著一把空氣劍一樣半提在身側，充滿自信地昂首挺立。

「……………」

全班同學鴉雀無聲，像是在等待她的解釋，又像是不知道該如何反應。

——奇怪，是線索給太少了嗎？

懶貓子心中充滿疑惑，這麼經典的臺詞怎麼會沒有反應。於是她努力晃動著呆毛，用自己的方式向同學們洩漏提示。

「……………」

同學們依舊沉默。

「…………………」

這意外的發展打亂了懶貓子的計畫，她維持著尷尬的站姿不知如何是好。

「噗哧。」

「！」

一聲失笑打破了教室的寂靜，懶貓子連忙轉頭看向聲音的來源。

那是坐在靠窗角落的嬌小女同學，黑色短髮的瀏海幾乎遮住了她整張臉。

「啊……」

當瀏海縫隙中的眼瞳和懶貓子四目相交的那一瞬間，她輕呼一聲縮起脖子，讓瀏海徹底蓋住她的臉蛋，迴避懶貓子的視線。

「好，我們歡迎懶貓子同學。妳的位子在那裡，入座吧。」

趁著這個機會，導師開口替懶貓子尷尬的自我介紹收尾。

在同學們零散的掌聲中，懶貓子走向導師指示的位子，剛好就在那位女學生的後方，興奮的懶貓子立刻撲向她的桌子搭訕。

「喵！妳聽得懂剛剛的哏對不對！」

「噫！」

女同學被懶貓子的動作嚇了一跳，她環顧四周發現班上所有人都在看著她們，羞得她把臉埋進課本裡。

「現、現在是上課時間……」

「有什麼關係喵！快點跟我說嘛～」

「不、不行啦。」

不管懶貓子怎麼盧她，女同學還是不斷搖著頭，不肯從書本裡出來。

「懶貓子，快回位子坐好。」

「好～」

就在懶貓子決定更進一步逼問的時候，老師嚴肅地喝止了她。

「呼……」

撐過懶貓子的糾纏，女同學終於放鬆下來嘆了一口氣——

「非的肝不過歐的。」

「噗哧！」

——卻馬上遭到來自後方的突襲，害得她又忍不住失笑出聲。

「喵哈哈哈哈！」

懶貓子對於她的反應十分滿意，心中暗自決定一定要和她交上朋友。

很快就到了下課時間。

當懶貓子想要攔住女同學的時候，她卻瞬間被全班同學重重包圍，每個人都有好多問題想要問她。

「懶貓子是妳的本名嗎？」

「剛剛那個自我介紹是笑點嗎？」

「頭髮上的那個貓掌是真的嗎？」

「咿！會動耶！」

「妳有沒有男朋友——嗚噗哇咿！」

「滾開啦，噁心的男生！妳有沒有女朋友——呀咿！」

「妳還不是一樣！」

問題如排山倒海般湧入，即便是懶貓子優異的訊息處理能力也來不及處理，等她好不容易掌握住情況之後，女同學已經不知道跑去哪了。

「啊！在那裡喵！」

懶貓子看見女同學穿過人群跑出教室，連忙起身想要去追，但還得先閃過包圍住她的同學們。

「別想跑！」

懶貓子自信地咧嘴笑了，露出尖銳的虎牙。她雙手倒扣走廊上方的窗框，輕輕一躍就翻過了窗戶，將一臉傻眼的同學們拋在身後全速追上去。

這裡是頂樓的樓梯，平常沒有學生會來到這個地方。

「呼……呼……呼……」

一個女同學滿頭大汗地喘著氣，坐在階梯上休息。

她會來到這裡是為了躲新來的轉學生。平常總是低調的她居然會被那樣的人纏上，都是因為自己笑點太詭異的關係，她懊悔地如此反省著。

「這裡的話，應該不會被找到吧……」

休息片刻之後，她撥開沾滿汗水的髮絲露出清秀的臉蛋，接著從口袋裡拿出手機。

「早上出門太趕，忘記消體力了——」

「找到妳了喵！」

「噫！」

突然聽見懶貓子的喊聲，女同學嚇得叫出聲來。在她還沒來得及站起來的時候，懶貓子的身影已經出現在轉角，再下一瞬間就跳到她面前了。

「啊，妳果然知道這遊戲嘛。」

懶貓子將漂亮的臉蛋湊到女同學面前，盯著她的手機畫面。

她完美無瑕的美貌威力十足。即使同為女性，在這麼近的距離之下，也讓女同學忍不住心跳加速。

「那、那又怎麼樣……」

女同學將手機收回用胸口擋住，劇烈的心跳從她的指尖傳遞到全身。她感覺自己的臉頰逐漸發紅，連忙撥了撥頭髮再次將臉蓋住。

「等一下！」

懶貓子伸手制止她的動作，並溫柔地將她的瀏海輕輕撥到耳後。

「妳長得挺好看的啊，為什麼要遮住喵？」

「這、這不關妳的事吧？」

「啊！我知道了，這是靈基一的狀態吧！真是深度哏，嗯嗯。」

「為什麼會得出這個結論！」

面對懶貓子的自嗨，女同學的聲音也忍不住大了起來。

「啊……那個……我不是……」

「喵哈哈哈哈！妳這個人太有趣了吧！」

看著女同學對自己的大吼感到慌張的模樣，懶貓子打從心底覺得很可愛。

而女同學完全無法跟上懶貓子的節奏，越是努力避開就越受到她的影響，於

是她決定正面面對懶貓子。

「妳到底……想要幹麼？」

「我想和妳做朋友喵！」

「咦？」

聽見懶貓子毫不猶豫地做出這個回答，女同學當場愣住。

嘲笑、霸凌甚至借錢抽卡——她在心中設想過無數負面的可能，卻在一瞬間被全部推翻。懶貓子的回答是多麼的純粹，讓人完全無法產生一絲懷疑。

「好不好嘛，當我的朋友！」

懶貓子眨著大眼睛再次逼近，女同學想要往後退卻被階梯所擋住，就這樣和懶貓子之間呈現樓梯咚的姿勢。掙扎了幾次沒有效果，她低下頭用像是對自己說的細小音量說著：

「……如果妳不嫌棄的話。」

「太好了喵！」

得到對方的承諾後，懶貓子開心地撲了上去，將女同學抱在懷中磨蹭。

——行動完全無法理解，心裡的想法卻又一眼就能明白。和至今為止遇到的人們完全不一樣，真是個奇怪的人。

女同學心裡這樣想著，又覺得這樣的感覺也不錯，忍不住稍微用力揪著她環抱著自己的手臂，嘴角微微上揚。

「嗶嗶嗶嗶——」

一陣手機鬧鈴聲打破了這幅美好的畫面。

「啊！體力滿了喵！」

「……那可不好了呢。」

僅僅只對話一次，兩人很有默契地分開，拿出自己的手機進行消體力的例行公事。

「話說回來，為什麼妳要躲我喵？」

懶貓子一邊刷著關卡，一邊開口和女同學閒聊。

「……正常人被第一次見面的人這樣逼迫，都會想逃吧？」

「是嗎？抱歉喵。」

懶貓子雖然嘴上這麼說，但笑咪咪的模樣看起來一點都沒有歉意的樣子。

「只有妳聽得懂我的笑話，所以我有點太興奮了。嘿嘿……」

「……妳不會怕嗎？」

「喵？怕什麼？」

看著懶貓子大無畏的笑容，女同學的手指在螢幕上畫了好幾個圈，才鼓起勇氣提出心中的疑問。

「怕被其他人當成怪胎、被排擠甚至被霸凌。和男生們聊遊戲就被女生們罵成勾引人的狐狸精、頭髮一留長就被人用美工刀割斷——」

女同學縮起身子抱住自己，彷彿連回想這些都令她害怕。

「——我再也不想那樣了，所以我決定國中要低調一點。」

曾經因為遊戲被班上男孩們圍繞的她，卻因此受到了女生們的排擠和欺負。這樣的過去讓她放棄表達自我降低存在感，被忽略總比被欺負好。

「那樣不是很無聊喵？難得到學校了，應該要玩得更開心一點才對喵！」

「咦？」

懶貓子的回應讓女同學愣住了，她第一次看見這麼由衷想上學的人。

「被當成怪胎又怎麼樣，那不就表示我很特別喵！不喜歡我的人關我什麼事，又不是我的朋友我才懶得理她們。」

懶貓子站起身來發表了十分熱血的說詞，從窗外照射進來的陽光打在她身上，讓她看起來耀眼無比。這讓女同學整個人看呆了。

「但要是朋友不想理我，就算要跑到天涯海角，我也要把她追回來喵。」

「……太誇張了，這裡不過是頂樓。」

「喵哈哈哈！但一口氣跑上來簡直和登天一樣累啊。」

「這我同意。」

兩個今天才初次見面的人，卻很有默契地一搭一唱。

「啊對了，我是懶貓子。那個……妳叫什麼名字？」

似乎是突然想起來順序不對了，懶貓子有些窘迫地問著。

「噗哧！」

這一次，女同學笑得毫不遮掩。

「小櫻，叫我小櫻吧。」

「喵嗯，小櫻。啊，對了！」

懶貓子笑著重複小櫻的名字，同時把自己頭髮上的星星髮夾拆下來。趁小櫻還一臉困惑的時候，懶貓子用髮夾把她的瀏海固定起來，露出整張可愛的小臉蛋。

「這個送妳，我覺得小櫻這樣比較可愛喵。」

語畢，懶貓子還對著小櫻綻放了一個大大的笑容。

「我……我會好好珍惜的。」

而小櫻的臉頰，就像盛開的櫻花一般粉紅。

成為朋友之後，懶貓子和小櫻常常會來到頂樓，一邊打遊戲一邊聊天。

「沒有運動短褲喵……」

懶貓子瞇起眼睛俯瞰著操場，觀察著所有在那兒活動的學生。

「嗯？夏季運動服是短褲啊？」

小櫻隨口回覆著，她頭上別著懶貓子送給她的星星髮夾。

「太寬鬆了！這種款式一點都不萌！那泳衣呢？真的沒有學校泳衣嗎？」

「沒有哦，我們學校連游泳課都沒有。」

「太過分了！這是教育怠惰！我要求學生會改革喵！」

「噗哧。」

懶貓子揮舞著雙手無理取鬧，在一旁看著的小櫻似乎又被戳中了奇怪的笑點而笑了出來。

「妳啊，來學校到底是為了什麼？」

「死庫水、水手服！」

「……服了妳。」

「不是文字接龍好嗎喵！」

「噗哧。」

她們就像默契十分良好的相聲演員，妳一言我一語地合作無間。

「是還有另一個目的啦，不過那個已經達成了喵。」

「是什麼？」

小櫻眨了眨眼睛抬頭看向懶貓子，卻發現她也同樣轉過頭來看著自己，臉上的笑容十分燦爛。小櫻的臉頰突然漲紅了起來，似乎懶貓子不用開口，小櫻就知道她想說什麼了。

「交一個超級好朋友，一起玩遊戲。」

「這、這樣啊……」

「就是這樣喵！」

懶貓子蹦了一下坐到小櫻身旁，小櫻因為害羞稍微縮了起來，臉上的表情看起來有點微妙。

「怎麼了？」

「……我只是還不敢相信，像妳這麼完美的人會想當我的朋友。」

「喵嗯，我能懂妳的想法，的確會有點受寵若驚呢。」

懶貓子深表認同地點了點頭，被人說成完美對她來說是理所當然的事情。

「可是啊，其實是我比較感謝妳當我的朋友哦。」

「咦？」

聽見懶貓子一臉認真地這麼說，小櫻有些困惑。

「不管是才能還是美貌，打從我出生的那一刻起就擁有一切，簡單來說就是天選之人。」

很奇妙的，這些話由其他人來說都會顯得狂妄。但從懶貓子的口中說出來，就會讓人覺得是理所當然的事實陳述。

「但同時，我的生存目標也被決定了。我所被賦予的這一切都是為了那個目標而存在。」

「那個目標……是什麼？」

小櫻驚覺自己提問的聲音有些顫抖，似乎是因為她發現現在的懶貓子感覺有些脆弱，於是她將身體稍微貼近懶貓子。

「……呵呵。」

感受到小櫻的關心，懶貓子微笑著搖了搖頭，迴避了這個問題。

「所以我很珍惜自己爭取到的一切。而妳就是我自由意志的證明。」

「……明明就是任性的證明吧。」

「喵哈哈哈！這樣說也沒錯喵！」

懶貓子高聲笑著，剛才瞬間籠罩的陰霾就像是錯覺一樣一掃而空。但一直看著她的小櫻知道，她剛剛觸及到了懶貓子心中最脆弱的一塊。

而懶貓子之所以暴露自己的弱點，只是為了讓小櫻釋懷。

「……太狡猾了。」

「喵？」

懶貓子表面上對小櫻的反應感到困惑，但臉上盡是心照不宣的微笑。

「沒、沒事啦。」

小櫻試圖戴上耳機掩飾自己的害羞，不過卻引來懶貓子擠過來跟她分享。

「妳一個人在聽什麼——喵？」

『你們誰晒卡就是永 Ban！』

當懶貓子搶到一隻耳機戴上之後，卻因為聽到熟悉的聲音而愣住。她看向手機螢幕，原來小櫻正在看的是懶貓的實況。

「什麼嘛，這傢伙今天這麼早就開臺啦？」

看到懶貓子的反應，小櫻想了想決定開口詢問另一個想問很久的問題。

「懶貓子，妳……該不會也是懶貓的粉絲吧？」

「啥？誰要當那傢伙的粉絲啊。」

聽見小櫻這麼說，懶貓子瞬間翻白眼露出嫌惡的表情。

「咦？我猜錯了嗎？我還以為妳叫懶貓子就是因為懶貓的關係……」

「那傢伙是我哥啦。」

「咦咦咦咦⁉懶貓子就是懶貓的妹妹⁉咦咦咦⁉」

原以為期待落空，卻接著爆出更大的新聞，小櫻臉上的表情大起大落。

「天啊！我居然能和懶貓的妹妹當朋友！」

看見小櫻捧著通紅臉蛋的興奮模樣，懶貓子略為驚訝地眨了眨眼睛。

「小櫻妳是懶貓的粉絲嗎？」

「對啊！我超喜歡他的。」

小櫻的語調比平常還要高，已經完全進入了迷妹狀態。

「我會玩這個遊戲，也是因為看到懶貓抽卡的關係。看到他為了一個角色投注了這麼多思念，就覺得如果我也能夠在遊戲中找到能投注愛情的角色就好了。」

「……是哦喵。」

看著小櫻為了懶貓這麼興奮，懶貓子感到很不是滋味，心裡湧上了一股連她都不太清楚的情感，只覺得胸口悶悶的。

「那妳找到了喜歡的角色了嗎？」

「……嗯。」

小櫻點了點頭，然後打開了遊戲，有些害羞地將卡池資訊給懶貓子看。

「我覺得她有點像我。所以……很喜歡。」

「哦～～原來日服現在在抽這隻啊。」

「懶貓子玩的是臺服嗎？」

「嗯，日服我看不懂劇情。那妳不抽嗎？」

「石頭抽光了沒抽到，我也沒有錢課金……」

看見小櫻沮喪的模樣，懶貓子有些心疼，但她眼睛骨碌一轉，想到了一個方法。

「我有一個方法，只要一抽，就能有一半的機會抽到哦！」

「咦？真的嗎？」

「當然，妳不相信我嗎。」

雖然就機率來說是不可能的，不過懶貓子認真的態度讓小櫻感到十分好奇，到底是什麼玄學這麼神奇。

「那就麻煩妳了。」

「交給我吧喵！」

懶貓子接過小櫻的手機，從禮物箱領了維修送的三顆石頭。之後她把手機放在階梯上，然後趴在一旁盯著召喚頁面。

「這是……」

「噓！我在等這顆星星最亮的瞬間。」

懶貓子像一隻盯著獵物的貓一樣，收著手屏息等待著出擊的最佳時機，頭上的呆毛像是尾巴一般，左右甩著打拍子。

「就是現在喵！」

懶貓子在大叫的同時按下單抽按鈕，就在小櫻滿心期待地看著召喚動畫的時候，懶貓子卻緊接著按下 Home 鍵跳出遊戲視窗回到主頁面。

「咦？為什麼？」

「哼哼，這就是這一招最神奇的地方。」

懶貓子得意地挺起胸膛，準備說明她的抽卡神技。

「小櫻，請問抽到限定五星的機率是多少？」

「嗯……大約0.7％？」

「錯！是50％，結果只有有抽到和沒抽到兩種。」

「咦？」

「在妳再次打開遊戲確認結果之前，這一抽便同時處於出貨和揁龜的狀態中，也就是說永遠都是50％的抽中率！我稱這個理論為『懶貓子的貓』喵！」

「……………」

看著懶貓子一本正經地胡說八道，小櫻愣在原地不知道該怎麼反應。

「怎麼樣怎麼樣，這應該比那傢伙的愛情論更有意思吧？」

「噗哧。」

原來是這樣。原來懶貓子是在跟懶貓吃醋，才會突然提出一個這麼莫名其妙的玄學。一想到這裡，小櫻就忍不住為懶貓子的可愛失笑出聲。

「笑什麼啦！妳還是不相信我嗎——喵噗！」

懶貓子賭氣地鼓起臉頰，小櫻則是伸出雙手朝著她的臉頰輕輕拍下去，讓懶貓子發出漏風的噗噗聲。

「信，我相信妳。」

「……拿揪豪。」

懶貓子雖然連話都說不清楚，不過她的想法已經確實傳達給小櫻了。

——小櫻會看實況啊。

知道了這一點之後，實況這一件事對懶貓子來說，又多了一個新的意義。

第四章

「３Ｗ事務所、小港娛樂還有熊怪娛樂啊……」

懶貓子仰躺在自己房間的床鋪上，看著懶貓上次給她的經紀公司資料。

這件事已經擱置太久，她想差不多該給個回覆了吧。

「小港娛樂聽起來有點地域性的感覺。熊怪娛樂……我沒那麼喜歡熊，沒有貓怪娛樂嗎？」

她發表著有些失禮的感想，把這兩個選項剔除在外。

「３Ｗ事務所……這個Ｗ有貓嘴的感覺，滿可愛的。就選它吧！」

經過了「以貌取人」的挑選，懶貓子總算決定了要加入哪一間經紀公司。她把這個決定傳給懶貓之後，又打開了一個新的聊天視窗。

『小櫻小櫻！』

『怎麼啦。』

她和小櫻在交換過聯絡資訊之後，每天在學校膩在一起還不夠，放學後也是除了刷手遊的時間都在聊天。

『我等等要開實況，妳要不要來看！』

『咦？妳也有開實況嗎？好呀，網址給我。』

『嘻嘻……等我一下哦！』

知道朋友要來看臺，懶貓子笑得心花怒放。她為了這一刻還特地裝上了視訊鏡頭和麥克風，希望能讓小櫻看到更完整的她。

「嗨喵大家好！喵喵今天用真面目來見人喵！」

實況打開了之後，她向鏡頭擺出笑臉對觀眾打招呼。

『喔喔喔喔！今天有視訊！』

『真的假的！臺主原來是這麼可愛的妹子嗎！』

『為什麼之前都不開視訊！』

真不愧是懶貓子，不過是對著鏡頭笑了笑，就引起了老觀眾們的一陣騷動，新追隨者的音效也開始跳了出來。

『嗨嗨，我來看臺了。』

一位網友在聊天室留了這句話，還放了一張懶貓臺的笑臉貼圖。

「我認得這張貼圖，妳是小櫻嗎？」

『哈哈哈，對。是我。』

小櫻在使用文字對話的時候，感覺上比平常還要開朗活潑許多。

「那麼今天也一起來快樂地遊戲吧！」

知道小櫻來了之後，懶貓子幹勁十足地開始遊戲實況。

『我今天的實況怎麼樣？』

實況結束後，懶貓子傳訊息和小櫻兩個人討論剛才的實況。

『嗯，玩得很厲害啊。不過……』

『不過什麼？』

『總覺得妳太過認真玩遊戲了，很少跟觀眾互動。』

『嗯……』

聽小櫻這麼一說，懶貓子才意識到這個問題。她玩遊戲的時候總是過於認真，這也是她為什麼能夠把遊戲玩這麼好的原因。

『常和觀眾互動，觀眾才會想要留下來，覺得自己是實況的一部分。』

小櫻以觀眾的身分，向懶貓子提出許多看法。

『其實觀眾看實況通常不是看實況主到底多厲害，甚至大部分的時候還會希望實況主失誤。娛樂效果對觀眾來說才是最重要的。』

『就像哥開臺抽卡時，越暴死越多人看嗎？』

『雖然這個例子很殘酷，但就是這樣沒錯 www』

『hmmmm……可是我抽卡超級好運的，好像沒辦法學哥的這招。』

『極度好運也可以啊，到時就會有很多喵喵玄學的信徒了。啊，對了。為什麼妳要叫喵喵，不用懶貓子這個名字實況啊？』

面對小櫻的這個問題，懶貓子想了想之後，決定照實告訴她。

『因為我不想蹭哥的名氣喵。我想靠自己累積粉絲，然後一舉超過哥的觀眾人數！』

『哦哦，原來如此。我也會幫妳，我們一起加油吧！』

『喵嗯！』

原本只是自己的義氣之爭，但如今得到了朋友的援助，懶貓子突然覺得心裡更加踏實，也將這件事當成一個真正的目標，而不是嘴上說說而已。

午休時間，懶貓子和小櫻兩個人在學校頂樓開著兩人會議，討論之後經營實況的方針。

「製作動圖喵？」

「嗯。就是有人追隨或是訂閱的時候，會出現在畫面上的圖片。」

聽見小櫻提出的建議，懶貓子按照慣例地眨了眨眼睛表示困惑。而小櫻則是耐心地向她解釋著。

「現在用的圖不行嗎？」

「妳用的是網站預設的動圖吧，我覺得還是特別設計一個比較好。」

「喵嗯……要怎麼弄呢……」

懶貓子歪著頭思考著，小腦袋瓜努力地運轉著，不過這類跟遊戲無關的問題，她總是沒什麼頭緒。

「嗯……」

小櫻輕咬著下唇，也思考著同一個問題。

突然間她發現懶貓子思考的模樣很有趣。眉頭皺成一團，嘴巴變成三角形的形狀，隨著頭像節拍器一樣左右擺動，呆毛和貓掌鬢角也稍微錯開拍子地隨之擺動。

啪嚓。

「喵？」

聽見快門的聲響，懶貓子從沉思中醒了過來，發現小櫻正拿手機對著她。

「啊……那個……因為覺得很可愛，所以就順手拍了……啊！」

小櫻紅著臉一邊解釋，一邊像是想到了什麼點子一樣叫了出來。

「可以拍妳的影片來當動圖啊！」

「喵？」

懶貓子還沒搞清楚狀況，小櫻就一個人進入興奮狀態，雙手比七圍成一個框框取景，動作乍看之下就像是個專業的攝影師。

「妳這麼可愛，不好好利用宛如二次元美少女的美貌真是太可惜了。」

「喵……喵喔！雖然還是搞不太懂，不過是稱讚我美對吧！」

於是在小櫻的指示之下，懶貓子開始擺出各種姿勢。一下子轉圈，一下子跳躍，臉上還不能露出痛苦的表情，必須永遠保持笑容。這讓平常老是玩遊戲沒在運動的懶貓子，終於知道拍照到底是多耗費體力的一件事。

「呼……呼……還不夠嗎？」

「嗯嗯，應該夠了。」

相較於累到在也笑不出來的懶貓子，小櫻的氣色倒是十分紅潤，檢查影片的時候也不時會發出「呼呼呼……」的滿意笑聲。

「辛苦了。」

小櫻將小手放在癱軟在階梯上的懶貓子額頭上，後者閉上了眼睛享受這柔軟的觸感。

「真的會有用嗎？」

「嗯！一定會的。制服美少女總是可以制伏每個人的。」

「哦！小櫻竟然也會說冷笑話喵！」

「不、不行嗎？」

「偶爾來一下挺可愛的喵。」

就這樣，她們完成了動圖的攝影工作。

登愣！

『感謝你的追隨喵！』

隨著追隨音效出現，畫面上出現制服懶貓子在胸口比愛心的動圖，可愛俏皮的模樣就像是少女偶像一樣讓人心動。

登愣登愣！

自從實裝了真人動圖之後，實況的各種事件音效響起的頻率越來越高，甚至還會看見同一個人連續出現追隨的情況。

「不要為了看我感謝你而重複追隨啊喵！」

不過就連這種情況，也成為了懶貓子和觀眾互動的機會，這個策略確實替她

的實況增添不少趣味和觀眾。

『再這樣繼續發展下去，很快就能開訂閱了呢。』

『真的喵？哇嗚好高興！』

『嗯嗯，要好好抓住每一個觀眾才行。』

『喵嗯！』

看到這個狀況，小櫻和懶貓子私下也非常開心。只要成為平臺的正式合作夥伴，就能開啟訂閱，也就是說會有正式的收入，才能自稱是一個實況主。

「好，那差不多該開始今天的——」

就在懶貓子打算開始今天的實況主題時，突然有一個觀眾在聊天室洗版面。

『臺主安安臺主安安臺主安安臺主安安——』

除了同一句話大量重複之外，還不斷重複留言，導致整個聊天室都被這個觀眾霸占，即使偶爾看見其他人抱怨的留言，卻也在一瞬間被洗掉。

搞什麼啊這傢伙——就在懶貓子想要開口大罵發作的時候，突然想起來剛才小櫻說要好好抓住每個觀眾。

「安安啊，我看到了哦，可以不用再刷留言了喵。」

她運用拍影片時學到的強顏歡笑技術，笑著壓下快要爆發的怒火。

『臺主能不能用雙手夾著胸部，身體稍微往前彎向我打招呼呢？』

那位觀眾雖然不洗版了，但卻接著提出非常無禮的要求。

你誰啊憑什麼要我這麼做這是性騷擾吧可以生氣了吧我可以生氣了吧——懶貓子在心中閃過無數個問號，臉上的表情完全僵住了不知道該如何反應。

『不行嗎？我可是觀眾耶？實況主不是應該滿足觀眾嗎？』

『大家也很想看吧？』

見懶貓子沒有反應，那個亂源開始擺出觀眾是老大的架子。聊天室竟然也沒出現多少反對的聲浪，看來的確有不少衝著懶貓子外貌的觀眾等這看好戲。

這讓懶貓子更加動搖，如果大部分的觀眾都想看她這麼做，那她是不是該配合一下讓所有人開心呢？不然這幾天累積的新觀眾是不是都會消失呢？

『喂，這個要求是不是太過分了啊？』

「喵？」

就在懶貓子腦袋當機的時候，聊天室裡突然有人站出來發聲。那個ＩＤ正是懶貓子的第一個追隨者——藍藍路。

『你誰啊，臺主都沒說話了，關你屁事。』

『我是這臺的觀眾，還是最老的那一個。你已經打擾到我們看臺了，請你收斂一下。』

『我是在教臺主實況的訣竅，這種小臺還不靠賣色相，我看很快就要被淘汰啦。我可是用心良苦啊。』

『是嗎——』

看見藍藍路似乎被亂源說服，懶貓子心中覺得十分矛盾。

要是他也接受這個說法，那自己是不是完全弄錯了實況的本質？本以為實況只要遊戲技術好就會有人看，難道女生實況就是要犧牲色相才行嗎？

『——看來是我搞錯了，你給我滾。』

『唷，趕人了啊？你憑什麼替臺主趕觀眾啊？你是MOD嗎？不要裝清高了啦，你也很想看臺主倒奶不是嗎？』

『你他媽的是什麼屁觀眾？跟著鄉民進來看熱鬧還想把臺主推入火坑哦？把這臺弄臭弄俗之後又跑去下一臺亂，你這種人我看多了啦！』

『你！』

『你什麼你，我說錯什麼了嗎？廢物！給我滾！』

——太帥了吧喵！

明明是隔著一層螢幕，只是一段文字，卻彷彿可以看見藍藍路站在眼前，用極為鄙視的眼神俯瞰著亂源，正氣凜然的模樣十分威風。

『喵喵。』

「喵！」

突然被藍藍路點名，懶貓子胸口一跳，緊張地端正坐姿回應。

『我知道妳被突然增加的觀眾所遮蔽了雙眼，但是實況主永遠不該為了觀眾而改變自己最初的堅持。妳該服務的並不是那些三分鐘熱度的跟風仔，而是打從心底喜歡妳的本質的我們。妳很好，我可以保證。妳只要做自己，就會有許多人跟隨妳。』

「藍藍路……」

懶貓子心中湧上了一股難以言喻的情緒，這個藍藍路彷彿看穿了一切，看穿了自己因為觀眾人數上升感到喜悅，看穿了自己在他和亂源的筆戰中的徬徨，還知道自己此刻最想聽到的話是什麼。

——做妳自己就好，妳很好。

懷抱著這句撼動她靈魂的話語，懶貓子動搖的心情完全平復了下來。

『就說你這連ＭＯＤ都不是的傢伙在逞什麼威風啊？臺主，你到底要不要給一點沙必死？』

亂源似乎仍緊抓著懶貓子不放棄，藍藍路此時又站出來擋在兩人之間。

『喵喵，既然他都這麼說了，給我ＭＯＤ吧。』

看著藍藍路（想像中）的背影，熱血填滿了懶貓子的胸口。她照著之前小櫻跟她提過的ＭＯＤ賦予方法，給了藍藍路ＭＯＤ權限。

「給了喵！」

『好了，這是你要的ＭＯＤ。』

在藍藍路的ＩＤ前方出現了一把劍的符號之後，他更加義正辭嚴地站到了亂源面前，用（想像中的）劍尖指著亂源的鼻子。

『奉吾王喵喵之名，處決你。』

大刀一揮，亂源連一句話都來不及說，就被處以永 Ban 之刑，完全消失在聊天室中，本來一直在看好戲的其他觀眾，也開始紛紛出來斥責亂源剛剛的作為，聊天室整體來說往一個比較良好的方向改變。

『從今天起，妳就專心做想要經營的實況內容，我會幫妳顧好聊天室。』

「幫大忙了喵！」

突然得到名叫藍藍路的騎士，懶貓子十分開心。

『真是抱歉，事出突然……我一時也反應不過來。還好有那位在。』

小櫻傳了私訊過來，看來在剛才那陣混亂中她跟懶貓子一樣不知所措。

『沒關係啦，以後聊天室交給他，小櫻專心幫我策劃實況內容就好了。』

內事不決問小櫻，外事不決問藍藍路。懶貓子覺得此刻的自己已經沒什麼好擔心的了，對於未來的發展可說是非常有信心。

『喵，來討論一下今天要做什麼吧？』

懶貓子後來拉了一個實況管理群組，成員是她和小櫻以及藍藍路。

『嗯……手遊的話，果然還是抽卡吧？』

『沒錯，尤其是看實況主暴死……對，不能只有我暴死……嗚嗚嗚……』

其他人分別表示自己的意見，藍藍路似乎同時被觸發了什麼悲慘的回憶。

『哼哼，我是不可能爆死的喵！』

懶貓子對自己的抽卡運很有信心，但藍藍路似乎不以為然。

『別鐵齒了！業障這種事不是不爆，時候未到而已！』

『藍、藍藍路？怎麼了，總覺得你營造的騎士形象逐漸消失了喵……』

『別以為騎士就不會崩潰！這是歧視騎士！』

『你是哪來的妙蛙騎士嗎!?』

『騎士騎士。』

『噗哧。』

很奇妙的，這三人的組合明明是這幾天才成立的，不過總覺得彼此之間非常有默契，契合度非常的高。

『那今天就決定來抽卡喵。』

『ＯＫ，等你爆死。』

『好的。』

得到結論之後，懶貓子熟練地設定好軟體，開始了今天的實況。

「嗨喵大家好！喵喵我今天要來開臺抽卡啦！啪喵啪喵～～」

伴隨著微妙的鼓掌狀聲詞，懶貓子活潑可愛地完成了開場。

『哦哦哦！終於要開臺抽卡了嗎？』

『驗血儀式，啟動！』

『黑喵白喵，會爆死的就是好喵。』

一聽到要抽卡，聊天室的熱度一下子就炒熱起來了。

「其實喵喵我啊，抽卡幾乎不會爆死的喵！」

『立旗啦！』

『抽寶五！抽寶五！』

『看來今天就是我地獄倒楣鬼發功的時候啦！』

聽到懶貓子的得意發言，聊天室沒有半個人相信，不是詛咒爆死就是拱人抽到爆死，真是毫不意外。

「喵哼！看來你們都不相信！沒關係，過了今天你們都會變成我喵喵玄學的狂熱教眾了！」

懶貓子自信滿滿地打開召喚頁面。

「首先先隨便抽個十抽試試運氣。」

她一面輕描淡寫地點下十抽的按鈕，然後不跳過放著讓召喚動畫跑完，最後只跳出了一張保底的四星禮裝和九張三星卡。

『1493wwww』

『禮裝 GO～』

『真是日常啊（菸）』

聊天室此起彼落刷著不意外的話語，但懶貓子現在才要開始發威。

「喵呀呀，沒做法的話果然就只有這樣啊。」

懶貓子伸出手指指向自己的呆毛，嘴巴得意地彎成 ω 的形狀。

「接下來要使用呆毛占卜，等到呆毛的尾端分岔成三條的瞬間，就是會抽出金卡的時間點。」

『這玄學也太有創意了 www』

『呆毛教嗎 XD』

『屁啦！抽得到我還不抖內一單！』

『不對，關鍵是呆毛真的會分岔嗎？』

聊天室對於這個抽法討論十分熱烈，但懶貓子完全不予理會，她只專心地搖擺著呆毛，仔細盯著尾端深怕錯過時機。

滴答滴答……

時間一分一秒經過，聊天室不知何時也慢慢安靜下來，大家一心同體地看著懶貓子的視訊。

唰！

終於，像是雷達偵測到什麼一樣，呆毛的尾端真的稍微分開成三條線。

「喵哦哦！」

懶貓子沒有錯過這一瞬間，她高聲喊著並且按下十連抽的按鈕，並連續觸及螢幕跳過銀卡的動畫，雙手合十開始祈禱。

「有了！」

在連續幾個一條線的動畫之後，終於出現了三條線，期望中的職階卡背在金光籠罩中顯現。限定五星角，召喚。

『７７７７７７７７７７７７７７７７』

『好扯哦，真的有用嗎？』

『剛剛那個說要抖一單的呢？』

『8787Love: 屁啦！抽得到我還不抖內一單！』

『8787Love: 屁啦！抽得到我還不抖內一單！』

『8787Love: 屁啦！抽得到我還不抖內一單！』

聊天室群體暴動，在一片刷「7777」留言過後，觀眾們開始起底剛才發祭品的那位觀眾。

『感謝抖內喵～～』

登愣！

在一聲系統音效過後，畫面上出現了懶貓子擺出貓咪手勢搖擺跳舞的感謝抖內影片，同時還附上了一句抖內觀眾的留言。

『我錯了，可是我沒有呆毛怎麼學這招辣！』

『WOW，真男人！』

『說抖就抖，絕不手抖！』

呆毛占卜的成功和觀眾的願賭服輸，一下子就把氣氛炒到了最高點。此後，還有許多聽說「歐洲美少女抽卡實況」的觀眾湧入，還有觀眾把這段抽卡影片剪輯起來給新觀眾看。

「這樣就夠了喵？」

『不夠不夠！』

『抽寶五！』

「嘖嘖嘖，太小家子氣啦！」

面對觀眾的起鬨，懶貓子一邊咂舌一邊左右晃動食指，一臉「太天真啦」的表情。

「今天在展現我所有的玄學之前不會關臺！做好我玩的每個遊戲都抽好抽滿的準備吧！」

『哦哦哦哦哦哦哦哦！』

『太嗨了吧！』

『今晚不讓你睡囉！』

於是，抽卡祭典開始了。

懶貓子祭出壓箱許久的玄學，接連使出「跳招財貓舞」、「模仿角色語音」……之類的利用自身可愛優勢的方法。

雖然不像一開始的呆毛占卜這麼神準，但是出卡率也都在期望值之上，聊天室也開始出現了喵喵玄學的信徒，名聲迅速地傳開，觀眾人數快要突破千人了。

「寶四了！再一單收工喵！」

『哦哦哦哦哦！』

而懶貓子續單不手軟的氣勢更是每每令聊天室沸騰，這種看人抽卡的感覺就像上癮一樣，讓人欲罷不能。

『這是第幾單啦？』

『大概四單了？』

『差不多該收到銀行電話了吧？』

『成就解鎖！』

『第一次開臺抽卡就上手 wwww』

對於聊天室的討論，懶貓子得意地挺起胸膛。

「我是不會收到銀行電話的！因為我刷的這張卡是——」

「懶貓子！」

懶貓子的話還沒說完，她的房門突然被人推開，還伴隨著一聲怒吼。

「咦？哥？」

氣急敗壞的懶貓站在門口，拿出手機對著懶貓子質問。

「我從剛剛就一直收到刷卡的簡訊，妳今天晚上怎麼這麼不節制啊！」

「哥，等等，我在——」

「妳再什麼啊？再抽一單嗎？之前不是都說好了——」

嘟嚕嘟嚕——

懶貓訓話訓到一半，突然手機來了一通電話，他表情扭曲地把電話接起。

「喂？對，是我。對，是我刷的，我正要找凶手算帳。咦？有凶手那到底是不是我刷的？呃……是我這邊刷的沒錯，我正要教訓凶手，可以不要妨礙我嗎？凶手是左手還是右手？小姐，妳的問題是不是越來越奇怪了……」

懶貓好不容易才打發完銀行的電話，衝向懶貓子的座位拍桌質問。

「現在可以解釋一下了嗎？」

懶貓頂著散亂的頭髮，用死魚眼瞪著懶貓子，整個人散發著不知道是被刷卡還是被銀行客服戲弄的怨念，竟讓懶貓子被震懾到說不出話來，只能伸出手指指了指螢幕。

「啥？妳在幹麼——」

懶貓撇頭看向螢幕，看到實況畫面後張大了嘴說不出話來。

『ㄟ幹，是懶貓！』

『懶貓和喵喵同居!?』

『喵喵剛剛叫他哥對吧？懶貓叫她懶貓子？』

『喔天啊，這真是大新聞啊！』

『我要去叫懶貓臺的觀眾進攻 wwwww』

懶貓的出現讓聊天室沸騰了起來，聽說了「懶貓和美少女同居」的觀眾從四面八方湧入，每個人都想來看看有什麼八卦可以蹭。

「那個……妳在實況啊？」

「看不就知道了喵！」

「明明不想靠哥衝人氣的……」

事情發生得太過突然，懶貓子氣急敗壞地對著懶貓大吼。

懶貓子看著不斷上升的人數，緊咬著下唇，眼眶也忍不住泛紅了起來。

「唉，那個……妳別哭啊！」

「我才沒哭喵！我是太生氣了！你說這下要怎麼收拾啦！」

懶貓子猛地站起身來，正面逼近懶貓的臉，氣鼓鼓的臉頰像是一顆大蘋果一樣紅通通，像海面般湛藍的大眼睛倒映著懶貓窘迫的身影。

「事到如今……也只能老實說了吧。」

懶貓垂下了肩膀。本來他是要來向懶貓子興師問罪的，沒想到卻突然變成了罪人，他感到一股說不出口的委屈。

懶貓從他自己的房間搬了椅子過來坐在懶貓子旁邊，準備對著所有的觀眾說明情況。

「那個……就跟大家看到的一樣，我和懶貓子……啊，她實況用的名字是喵喵嗎？我跟喵喵是兄妹，住在一起。」

「就是這樣喵。因為我想靠自己的實力經營實況，所以才會選擇瞞著大家這件事，真的很抱歉喵！」

在兩人輪流發言說明情況之後，聊天室也完全明白了。

『懶、懶貓竟然有妹妹！而且還這麼可愛！』

『貓哥，缺妹婿嗎？』

『醒醒吧！你沒有妹——咦!?你有妹妹!?』

『不管喵喵是不是懶貓的妹妹，我們都很支持你！你很棒！』

『以後要不要改成用懶貓子的名字實況啊？』

『我也覺得這麼名字好一點，喵喵太多女實況主在用了。』

『以後這邊也看得到懶貓的話我想訂閱這邊 www』

『看不到懶貓我也想來，美少女萬歲！』

聊天室開始你一言我一語，似乎都很樂見懶貓子正式以懶貓的妹妹身分實況，也有許多懶貓的觀眾準備好跳槽到懶貓子的臺來。

「大家好熱烈哦……」

超過三千人的聊天室刷頻速度飛快，懶貓子第一次受到這樣的洗禮，愣在電腦前不知道該怎麼反應才好。

「妳最好開始習慣哦。」

懶貓拍了拍懶貓子的肩膀，以前輩的態度向她提出建議。

「很抱歉打亂了妳的計畫。不過我相信妳可以的，只要繼續做妳自己就好，我最引以為傲的妹妹。」

「哥……」

懶貓子的心情十分複雜。看到觀眾變這麼多人固然很開心，但一想到自己這些日子來的經營，還比不過懶貓露一次面，就沒辦法打從心底感到喜悅。

我要超過這個男人——懶貓子看著懶貓的側臉，在心中暗暗下了決心。

第五章

自從那次懶貓闖入直播的事故之後，懶貓子就正式以「懶貓的妹妹——懶貓子」的身分進行實況活動。因為認真打遊戲和可愛的反應，成功吸收了許多本來只是來看熱鬧的觀眾，現在固定觀眾數量穩定有一兩千名。

最初她還很在意這些觀眾是衝著懶貓來的，不過現在留下來的觀眾是真正喜歡她，所以也慢慢對這件事釋懷了。

「喵？有新的遊戲要出了耶！」

懶貓子一邊吃早餐一邊滑手機，看到遊戲討論區熱烈討論的新手遊眼睛為之一亮。

「畫風好特別哦……女角也婆爆！我要開臺抽一波！」

「……妳克制點好嗎，我不想再和銀行客服聊天了。」

剛睡醒的懶貓眼神渙散，有氣無力地對妹妹進行沒意義的口頭勸說。

「喔對了，懶貓子。3W事務所有回應了。他們很歡迎妳的加入。」

之前懶貓子從三間經紀公司裡面選擇了這間3W事務所加入，不過並沒有馬上得到回應。

「哦哦哦！終於回我啦。」

「可能是最近妳的觀眾人數才衝上來吧。」
懶貓子笑咪咪地看著3W事務所的回信，覺得自己的努力終於被看到了。
「今天放學後到公司面談啊。」
「需要我陪妳去嗎？」
「不用啦，哥你今天也要開臺吧。」
懶貓子將面談訊息牢牢記住之後，向懶貓拍胸脯保證沒問題的。

「哇！好厲害！要加入經紀公司了！」
當懶貓子把要去公司面談這件事告訴小櫻時，她自然流露出的開心模樣讓懶貓子覺得暖暖的。
「嘻嘻……也多虧了妳幫忙。妳要不要跟我一起去？」
「咦咦？我嗎？」
被懶貓子突然這麼一問，小櫻有些手足無措，雙手慌張地在胸前擺弄。

「嗯，我一個人去還是有點緊張，如果小櫻也在的話應該會比較安心。而且我也想讓對方知道，這個實況不是靠我一個人做起來的。」

懶貓子握住小櫻的雙手，真摯地看著她的眼睛這麼說。

「喔……好。既然妳都這麼說了……」

小櫻被懶貓子的大眼睛看得有些目眩，不由自主點頭同意。

「不過要說對實況有貢獻的，還有那一位吧。」

「妳是說藍藍路喵？」

「嗯。」

藍藍路是懶貓子最元老的觀眾，平常在聊天室也很低調，只有在發生爭端的時候才會出面主持公道。就像個低調的守護騎士，總是在懶貓子最需要的時候出現。

「我當然也很感謝他，不過畢竟沒見過面，也不知道他是哪裡人。」

「他很神祕呢。Line 的頭像也只是放了一個麥噹噹叔叔。」

「到底是什麼意思呢……」

兩人在各自的腦中描繪著藍藍路的模樣，不過小小年紀的她們沒人知道這是一個十多年前的網路哏。

放學後，兩人循著手機地圖找到了公司，就坐落在市區內的辦公大樓裡。

按了電梯上十樓，站在公司大門的那刻兩人不約而同地深深吸了一口氣，在察覺到彼此的反應之後同時「噗哧」一聲笑了出來。

「走吧喵。」

「嗯。」

懶貓子按下電鈴，在一聲清脆的「叮咚」之後，自動門也應聲打開。

「啊，懶貓子嗎？妳來得真早。」

應門的是一位長髮的女性，她穿著有３Ｗ事務所的 LOGO 的 T-shirt 和貼身的牛仔褲，戴著眼鏡看起來很精明幹練的樣子。

「我下課就過來了喵。」

「找路辛苦啦，抱歉得請妳跑一趟哦。對了這位是？」

「我、我是懶貓子的同學。」

「她是小櫻，實況是我們一起經營的。」

「這樣啊，歡迎歡迎。我們別在門口說話，跟我進來吧。」

兩人跟著長髮女性走進公司。公司的坪數並不大，但桌子的擺放和動線十分具有巧思，遊走在其中非常自由舒適。

長髮女性打開了一間小會議室，示意懶貓子和小櫻先在裡頭坐下，她隨後倒了兩杯水走進來，給她們兩人遞上。

「我先自我介紹。我是之後負責懶貓子的經紀人，叫我米寶就可以了。」

米寶拿出了兩張名片，分別遞給懶貓子和小櫻。

「今天會請懶貓子來，是為了在妳加入我們公司之前，說明之後公司將為妳做的一系列計畫，最後再確認彼此的合作意願，到目前為止沒問題吧？」

「嗯嗯，沒問題。」

完全不浪費時間，米寶直接切入正題。

「經過這段期間的觀察，我們認為妳的實況很有潛力。個人魅力也很適合我們準備執行的企劃——培養網路偶像。」

「偶像？我嗎？像龍娘或是皇帝那樣的偶像嗎？」

突然聽到偶像這個詞，懶貓子有些呆愣地眨了眨眼睛。

「雖然我不知道拿那兩位來比喻好不好……不過沒錯，我們預計把妳打造成美少女偶像。」

「懶貓子好厲害……怎麼了嗎？」

一旁的小櫻以崇拜的眼神看著懶貓子，卻發現她並不是很開心的樣子。

「妳不開心嗎？」

「喵？不、不是啦。只是有一點……」

「太突然了嗎？」

米寶似乎早就料到懶貓子的反應，懶貓子也乖乖地點了點頭。

「來這裡之前，我一直在想加入公司以後，實況方式可能要做什麼樣的調整，才能夠成為獨當一面的實況主。突然跟我說要當偶像什麼的……和我的想像有點差距喵。」

「呵呵，這種超越想像的發展就是我們想要的。」

「喵？」

她先對懶貓子微笑讓她放心，接著拿出好幾張照片放在桌上。那是懶貓子以及其他目前在實況圈活躍的女實況主們的實況截圖。

「妳的外表、口條、臨場反應都不輸給這些已經做一段時間的實況主們，甚至我個人覺得妳比她們都要優秀。但這種競爭就像是在同一條跑道上賽跑一樣，只是稍微跑得比別人快一點，是沒辦法迎頭趕上的。」

米寶在白板上用白板筆畫了一條直線的跑道，並在上頭畫了幾個火柴人示意懶貓子現在和其他實況主之間的差距。

這個比喻讓懶貓子想起了自己和懶貓之間的差距，臉上蒙上了一層陰霾。

「喵……」

「但是，我們沒必要沿著跑道跑啊！」

「喵？」

米寶將跑道持續向前延伸，並在前頭畫了一個高山，讓跑道繞著山壁通向山頂。

「如果說所有實況主都是沿著跑道，最終目標是山頂的話——」

米寶一邊說著，一邊持續在白板的圖畫上加筆。她先是在山頂畫了一個舞臺，然後在舞臺和代表懶貓子的火柴人之間畫了一條直線，接著俐落地在兩端畫了象徵建築物的方格，並又畫了幾個圓形車廂往來於兩端之間。

「我們就直接搭建起名為偶像的纜車，直達山頂的舞臺，讓那些辛辛苦苦才來到我們舞臺上的小丫頭們，成為我們的陪襯吧！」

米寶在畫完圖的瞬間，轉身說出這句充滿霸氣的話，同時白板筆「鏘！」的一聲落入板溝。整個動作一氣呵成，帥氣無比。

「哇……」

兩個國中生小丫頭被眼前帥氣大姊的一波操作秀得反應不過來，只能微張著嘴發出細微的讚嘆聲。

「謝謝妳們絕佳的反應。」

米寶俏皮地眨起一隻眼睛，試圖讓懶貓子和小櫻喘口氣。

「偶像啊……」

從來沒想過的可能性，像是一把鎚子敲打著懶貓子的內心，從心底發出了陣陣聲響。

可以跳脫設定好的跑道，用自己的方式登上屬於她的舞臺，這個建議實在是

太誘人了。

「我還是不太懂，具體來說公司會怎麼幫我，我又該做些什麼呢？」

「其實說是這樣說，但妳暫時還是像一般實況主一樣實況就行了。」

「喵？」

看懶貓子又露出呆滯的表情喵喵叫，米寶忍住想笑著揉她頭髮的衝動，繼續往下說。

「公司會按部就班的來。先盡量讓妳接遊戲的工商，讓廠商認識妳，方便日後出席各種現場表演活動。同時也會多方安排妳參與網路節目的錄製，增加在平臺上的曝光度。以妳玩遊戲的方式和獨特的魅力拉攏粉絲，累積到足夠的基數之後，才可以正式辦個人的偶像活動。用剛才的纜車計畫來比喻的話，就是在蓋車站之前還是得先打穩地基。這就是大致上的計畫流程，妳們兩位覺得怎麼樣。」

米寶的說明非常簡潔俐落，只告知她們現階段需要知道的事。

「喵……小櫻怎麼看？」

「嗯，我覺得挺好的啊。」

得到小櫻的附和之後，懶貓子也放心地點了點頭。

從進公司的那一刻起，米寶就展現了控制全場步調的能力，總覺得在她的安排之下一切都會非常順利，讓人十分安心。

而且她對小櫻也很客氣，總之懶貓子覺得她是個可靠的好人。

「我也覺得挺好的喵，那就拜託妳了！」

懶貓子笑容滿面地回應米寶，而米寶也回以從容的笑容。

「太好了，我之後會將詳細的合約寄給妳，妳可以和家人討論之後再簽約。有任何問題隨時都能聯繫我，妳有我的名片。」

會面不過才十幾分鐘，雙方就建立起了共識，會議也順利結束。

懶貓子和小櫻一起向米寶道別離開公司，她心中對於未來充滿了樂觀的想像。當她們離開大樓走到街上的時候，夕陽正好在馬路的遠方準備下沉。

「當偶像啊……」

懶貓子瞇眼看著橘紅色的陽光，忍不住吐露出心中的感慨。

「妳一定可以的。」

一旁的小櫻輕輕握住她的手，把自己支持她的心情傳遞過去。

「喵嗯！」

而懶貓子也輕輕地回握。

懶貓子在和懶貓討論之後，很順利地簽訂了合約，正式加入3W事務所，接到了第一份工商。

「這個遊戲不就是我之前看到的那個嗎！」

看到工商的遊戲名稱時，懶貓子忍不住睜大了眼睛。那正是她上次在遊戲討論區看到後就很想抽爆的那款遊戲。

「太好了呢，這樣妳就能用官方給的石頭抽卡了。」

懶貓在一旁為她開心，同時也為自己的小卡倖存下來而默默感動。

「太佛心了吧！我要在工商結束後補幾單給營運！」

「快住手！工商不是這樣做的！」

「噗噗，哥太小氣了啦，我可是在幫你積陰德耶。對吧阿橘～～」

「喵～～」

懶貓子開心地抱起阿橘跳舞打轉，阿橘則是很熟練地任憑她甩來甩去也一副無所謂的樣子喵喵叫。

「幫我積什麼陰德，好歹也用自己的卡啊……」

「我才十四歲耶～～要辦也只能用哥的附卡喵。」

「唔！」

直到此時，懶貓才發現這個盲點。即使叫懶貓子去工作，她還是沒辦法用自己的卡課金。

「那我到底是為了什麼……」

「誰知道呢喵～～」

懶貓子拋下跪在地上懊悔的懶貓不管，自己抱著阿橘回房間準備工商。

「我看看哦……工商時間為兩小時。時間滿長的耶。希望至少通關第一章，然後開始抽卡——」

回到房間之後，懶貓子趴在床上看著米寶寄來的資料。

「嗯嗯，大致上沒啥問題，不過其中有一點竟然說不可以閃退，那是我能控制的喵？算了管它的，先和大家說一下吧。」

『我知道了，我會幫妳把工商訊息和時間PO上粉專！』

懶貓子打開實況管理群組，把初次工商的內容告訴小櫻和藍藍路。

『收到，我會在聊天室顧著。』

他們兩人也為懶貓子感到高興，分別接下了各自的工作。

「事前準備差不多就這樣了吧？」

「喵～～」

阿橘跳上電腦桌應和叫著，彷彿也在祝福懶貓子工商成功。

「謝啦阿橘。」

懶貓子笑著搔弄阿橘的後頸，讓牠舒服地發出呼嚕聲。

「嗨喵大家好！懶貓子今天也活力全開上線啦！」

『懶貓子安安，今天也很嗨呢！』

『終於開了！我每天都在等這一刻嗚嗚……』

懶貓子按照慣例開臺和觀眾們打招呼，觀眾們也如往常一樣熱情迎接她。

『咦？今天的標題？』

『【3W】懶貓子，今天工商——懶貓子接到工商了!?』

有些觀眾注意到了今天的標題變化，在聊天室掀起了一陣討論。

「今天要跟大家說一件大事哦！懶貓子我加入了經紀公司，等一下還要開始我們臺的第一次工商喵！」

『哦哦哦！恭喜啊！』

『吾家有貓初長成！終於接到工商了！』

「所以啊，今天懶貓子也會全力表現給各位看，希望大家在工商的時候能夠多多幫忙喵！」

『那是當然的！』

『懶貓子最棒了！』

觀眾們對於懶貓子接到工商這件事都很開心，好像自己欣賞的實況主也被廠商肯定了，感到與有榮焉。

在表定的工商時間之前，懶貓子先是和平常一樣玩遊戲閒聊，不時提醒觀眾在等等的工商時間留下來。到了工商之前還湧入了不少來自懶貓臺的觀眾，好幾千人在聊天室等待她進行工商。

「讓各位久等啦！終於來到期待已久的工商時間啦！啪喵啪喵～～其實這款遊戲呢，懶貓子我之前也關注了一段時間，不僅是國內知名廠商研發製作，美術風格也很特別喵！在工商之前我可是忍～～了很久沒有先偷打，想要把第一次玩遊戲的感動原汁原味傳達給大家！」

懶貓子活潑地用表情和笑容，將自己對於這款遊戲的喜愛自然不做作地表達出來，讓看著這畫面的觀眾不由自主地被她的笑臉感染。

「那麼就請大家跟我一起進入這個奇幻國度吧！」

點開遊戲，在一陣白底黑字的遊戲公司LOGO浮現之後，輕柔的弦樂和空靈的女歌聲如涓涓細流一般湧出，瞬間浸潤至聽眾的身心。

「這……」

懶貓子的耳朵直豎了起來，全身上下也因為感動而起了雞皮疙瘩，而這只不過是歌曲的第一段而已。

隨著旋律層層疊起，動畫的色彩世界也迅速擴展。栩栩如生的角色躍然於方框之中，在逐漸加重的交響樂曲中兵戎相見，迸出火花的瞬間也交織了各自的心路歷程。

「…………」

直到樂曲終結，遊戲停駐在登入畫面許久之後，懶貓子仍沒有從激盪的輕緒中平復過來。

「這首歌真滴太讚了喵！」

懶貓子突然拍桌站起，她的眼眶微溼、聲音顫抖，很明顯還整個人沉浸在音樂的餘韻下，深受感動無法自拔。

『天啊……OP就這麼感動嗎……』

『這真的是遊戲嗎？不是什麼音樂劇？』

受到懶貓子真摯的反應影響，聊天室的觀眾也深受樂曲所感動。數千人宛如一起悠游於旋律之海中，載浮載沉不願上岸。

「各位觀眾，我現在又更加期待這個遊戲了。」

懶貓子整理好狀態，重新以認真的神情坐下，她的眼神閃閃發光，像是發現期待已久的獵物般躍躍欲試。

「來吧，開始遊戲吧。」

照著系統的新手引導，懶貓子建立了自己的遊戲角色。在故事中扮演著「視察者」的角色，觀看紀錄著世間萬物的書本，體會其中英雄人物經歷過的重大事件。

「有點……困難呢。」

遊戲的戰鬥並不只是單純地戰力輾壓，玩家必須在由不同色魂組成的盤面上轉魂，藉由消除不同數量和顏色的色魂來發動特定角色的技能來進行回合制的戰鬥。不只要考慮消魂後的盤面狀態，還需要估算敵人的行動回合做決策。即使只是前面章節的關卡，遊戲的深度與難度展現無遺。

「我還能撐一回合的傷害，而敵人的血量只要連攻兩回合就能擊倒。這邊該強攻嗎喵？」

『打了啦！沒在怕的！』

『應該不會在第一章就輸掉吧？打了打了。』

終於打到了第一章的尾王，懶貓子認真分析著戰況，同時也和聊天室的觀眾們討論戰術，雖然聊天室只會一直叫她衝鋒就是了。

「好！連續二魂進攻！」

應和觀眾的想法，懶貓子迅速滑動手指，手起刀落劃出兩條黑色的魂痕。在連續的華麗動畫之後，敵人應聲倒地。

「太好啦——喵？」

沒想到戰鬥並不如預期般結束，碎裂的敵人從碎片的狀態重新拼裝起來，進入了第二型態。而懶貓子則因為先前的背水攻擊讓自己的生命值處於極限，來不及重整態勢就被敵人接下來的攻擊所擊潰了。

「怎麼這樣喵！我這個UC天才……竟然……竟然會被打敗……」

這個意料之外的展開讓懶貓子發出哀號，整個人癱坐在椅子上好一會振作不起來，無法接受自己居然會在眾目睽睽之下敗得如此悽慘。

啪啪！

懶貓子重重地拍了自己的臉頰兩下，留下了紅色的手印。

「打起精神！再來一次喵！」

記取教訓的懶貓子再次進入了王關，這一次她熟記了敵人的所有行動模式。在王長時間蓄力時疊護盾抵銷直接傷害，同時整理攻擊用的色魂，逮到空檔就全力輸出。

「第一階段！突破！」

『哦哦哦！』

懶貓子幾乎完美無損地通過第一階段，以萬全準備面對第二階段的王。

「原來只要見招拆招，就能夠順利通關啊。」

不愧是懶貓子，她已經掌握住了這個遊戲的本質。表面上看起來是回合制的戰鬥遊戲，實際上則是有著最佳步驟解的益智遊戲。

明白這一點之後，即使第二階段的王有著截然不同的行為模式，也完全無法對保守穩健的懶貓子造成致命性的損傷。

「這就是最後了吧！」

格擋掉王蓄滿力的攻擊之後，懶貓子將積累已久的四黑魂一次釋放，負責輸出的英雄掀起了銳利的黑色風暴，襲捲斬殺了巨大的魔物。

「耶嘶！」

懶貓子忍不住振臂高呼，拚盡全力後獲勝的充實感讓她感到十分滿足。

『恭喜恭喜！』

『真是緊張刺激啊。』

『第一章就玩成這樣，這遊戲有這麼硬哦？』

『正在玩，真的有點難。』

聊天室的觀眾們開始討論了起來，懶貓子認真遊戲的模樣讓他們真心覺得這個遊戲值得一玩，工商的效果十分顯著。

「各位各位，接下來是我們今天的重頭戲啦。我要來抽卡喵！」

達到至少通關第一章的要求後，接下來就輪到懶貓子本來最期待的環節。

『哦哦哦哦！』

聽到接下來要抽卡，聊天室一陣沸騰，果然抽卡才是手遊的本質。

「這款遊戲的抽卡機制還滿特別的，如果這次十抽沒有抽出金卡，就會提高出金卡的機率，直到抽到金卡才會重置。」

懶貓子敬業地說明著抽卡機制，然後俏皮地眨了眨眼睛。

「俗話說玄不救非，課不改命。你是不管怎麼樣都無法脫非入歐的玩家嗎？

快來抽這款遊戲吧，至少付出是會有收穫的喵！」

『聽起來不錯耶。』

『這些機會……』

『別說這麼多，快抽快抽！』

懶貓子說得觀眾們躍躍欲試，在眾人期待的氣氛最高漲的時候，她卻又收手停下抽卡的動作。

「先別急喵！今天懶貓子請了特～～別來賓幫我抽卡！」

她特意拖長語氣賣關子，接著突然將一團沉甸甸的東西丟上電腦桌。

「喵～～」

突然登場的阿橘慵懶地叫著，無視於自己的大肚肚呈現在視訊鏡頭前，逕自舔起了前腳，同時梳弄著自己的頭。

「大家應該都知道我有許多抽卡玄學，而且屢試不爽。但我所有招數的源頭都是來自於阿橘。這次我們請到了橘老師親自來抽卡，穩的喵！」

『真的假的 wwww 靠主子 wwww』

『穩的，穩死的。』

『橘老師嗎？輕則一抽，重則七單見效。』

『我們要對橘老師有信心。』

於是剩下的工商時間都在抽卡祭典中度過，至於今天過後是如何多出了阿橘神教，那又是另一段傳奇故事了。

懶貓子工商的方式大受廠商青睞。她總是認真地享受遊戲的玩法，並且從中提出真實的遊戲體驗，讓只是看著她玩的觀眾們都能感受到遊戲樂趣，進而得到預期之外的宣傳效果。

和其他實況一工商人數就下降的情況相反，懶貓子的實況甚至還會有更多的人進來看她怎麼工商，這幾乎可以算是她的個人風格了。

『妳表現得很不錯，辛苦了。』

經紀人米寶對於懶貓子的表現十分讚賞。

『這是接下來一星期的工商行程，妳先看一下。』

『哇～～又有這麼多新遊戲玩啊～～咦？居然有這款喵！好期待喵～～』

懶貓子仔細看著工商清單，在其中發現了好幾款關注中的新遊戲，因而感到興奮不已。

『我還有其他好消息呢。』

『喵？』

『有一個網路節目要邀請妳當特別來賓，該集節目的主題是「不為人知的懶貓」，希望妳能從懶貓妹妹的角度來爆懶貓的料。公司這邊覺得是不錯的曝光機會，妳有意願參加嗎？』

………

………………又是哥的嗎？

米寶的訊息已經傳過來許久了，但懶貓子的手指卻懸在半空中，遲遲沒有做出任何回應。

『懶貓子？睡著了嗎？』

或許是看見已讀太久沒有回應，米寶又傳了詢問的訊息。

『喵哈哈哈！差一點睡著喵！上節目爆哥的料嗎？這麼有趣的事我怎麼可以錯過呢！我願意上節目！』

懶貓子緊咬著下脣敲出看似雀躍的回應，不甘卻又無奈的情緒在她心中盤旋，久久無法消散。

『只要上節目，就能離當偶像進一步了吧？』

「咦？」

當懶貓子回過神來的時候，她發現自己下意識地打了這句話，這讓她著實吃了一驚。

『當然啦，畢竟公司的每一步都是往這個目標邁進的嘛。不過妳也別操之過急了，好好表現自己就沒問題了，妳這麼可愛♥』

螢幕另一頭的米寶察覺不到懶貓子內心的糾結，以輕鬆的語調與表情符號和懶貓子閒聊片刻之後，就要她早點休息了。

⋯⋯⋯⋯

⋯⋯⋯⋯⋯⋯⋯⋯⋯⋯

和米寶道晚安之後，懶貓子盤腿坐在床上，雙手扣著腳底板，靜靜地抬頭看著天花板。

「呼喵⋯⋯」

好一陣子之後，她才慵懶地伸了一個懶腰，繞著阿橘的身體蜷曲在床上。

「⋯⋯真不像我。」

到了節目錄影當天。

「懶貓子，妳好了沒啊？」

站在玄關準備出發的懶貓對著仍在房間裡的懶貓子不耐煩地喊著。

「好了好了！不要催我喵！」

懶貓子急急忙忙地跑出房間，看起來有些慌張的樣子。

為了錄影，懶貓子今天特地起了個大早，打算精心打扮。但因為花了太久的時間決定服裝搭配，直到剛剛才梳妝完畢，差一點就來不及出門了。

「……哥你就這樣啊？」

當她看見懶貓的模樣，詫異地眨了眨眼。

頂著一頭亂髮的懶貓看起來完全沒有做準備，只不過是換了一件出門穿的T-shirt和牛仔褲而已。

「現場會有造型師，我們忙再久也比不過專業的啦。走吧，快遲到了。」

懶貓瞇著死魚眼看了一眼手機上的時間，打了一個大大的哈欠。

「……噢噢，好。」

看著懶貓從容不迫走出大門的背影，懶貓子悄悄地在他身後握緊了拳頭。

——不可以氣餒，今天的錄影可是要徹底贏過哥。

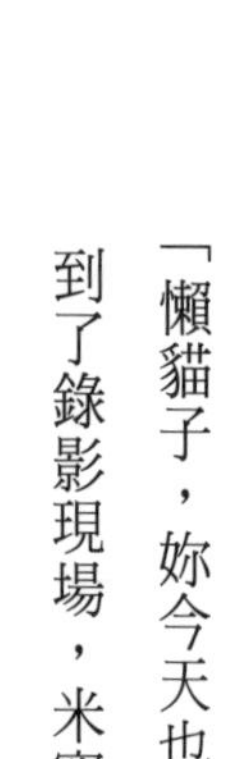

「懶貓子，妳今天也很可愛呢。」

到了錄影現場，米寶看到懶貓子來了，連忙上前招呼。

「先來和工作人員打聲招呼吧，我來幫妳介紹一下。」

「好的喵！」

懶貓子跟著米寶和錄影現場的工作人員們打過一輪招呼，看見這麼多人在幕後準備接下來的節目，讓懶貓子確切感受到巨大的壓力。

「請跟我來，懶貓子。我來幫妳做妝髮的調整。」

「麻煩妳了！」

當造型師小姐請懶貓子跟她走的時候，懶貓子緊張地大聲回覆著，腳步有些僵硬地跟在她後頭。

「來，妳坐在這邊。」

「是、是！」

懶貓子聽話地抬頭挺胸坐在圓椅上，深怕會妨礙造型師工作，連大氣也不敢喘一口。

「呵。」

看見她這麼緊張，造型師忍不住笑了出來。

「放輕鬆，不用這麼緊張。」

造型師一邊梳著懶貓子的頭髮，一邊用溫柔的語氣跟她說話。

「看、看得出來喵？」

「很明顯唷。」

造型師彎下腰，從後方將臉頰靠向懶貓子的臉，讓懶貓子能從鏡子中看見兩人的表情，和造型師溫和的笑容比起來，懶貓子的嘴角看起來僵硬許多。

「妳比我可愛這麼多，但笑臉輸給我了哦。」

造型師微微一笑，回復站姿重新開始手上的工作。

「這是我第一次錄影，所以有點緊張。」

「真巧，我也是第一次幫這麼可愛的女孩打點，也有點緊張呢。」

雖然造型師嘴上這麼說，手上的動作卻仍行雲流水。

「妳要有自信一點，這不是實況主最不缺的東西嗎？」

「我很有自信喵！」

懶貓子出聲反駁，聲音大到連自己都有點嚇一跳。

最近懶貓子一直覺得自己變得不太對勁。本來她是一個只要有手遊玩，就可以不管全世界的遊戲廢宅。但是在開始實況、出現在別人的視野裡之後，她變得更加在意自己在別人眼中的模樣。

今天我的實況有不有趣、鏡頭上看起來可不可愛、是不是有照顧到所有觀眾——她開始會去思考這些問題。

尤其是和懶貓放在一起比較的時候。

知道今天是和懶貓共同錄影之後，她就把他當作最大假想敵，開始模擬著各種情況，想要在節目上的表現壓過懶貓。但是懶貓卻似乎不當作一回事，和平常一樣悠悠哉哉的樣子，這多少讓她受到了一點打擊。

「好，搞定了。」

在懶貓子陷入思緒的漩渦中時，造型師的巧手已經完成了妝髮的調整。

「喵？」

懶貓子困惑地看著鏡子中的自己，看起來似乎和平常沒什麼不同。

「因為妳本來就很可愛，所以我只是稍微強調了一下妳的臉蛋而已。」

造型師看出她的困惑，微笑解釋著。

「不過還有最後一個步驟，我要對妳施展一個魔法。」

「魔法？」

懶貓子眨了眨眼睛，完全不明白造型師的意思。

「妳看著我的表情，跟我一起做一樣的動作。」

「好。」

懶貓子看著鏡子中的造型師，雖然還是不懂她想幹什麼，但她溫和的微笑讓懶貓子感到放鬆，嘴角也逐漸軟化。

「三、二、一——笑！」

造型師倒數完之後綻放了一個大大的笑容，大方地露出了剛才懶貓子沒注意到的牙齒矯正器，那是真正自信心的表現。懶貓子看著那樣的笑容怔怔出神，並不是因為那笑容太美難以招架，而是感到一股熟悉感。

那是一直以來她所擁有的，無所畏懼的笑容。

懶貓子忍不住跟著笑了，那笑容自然得像是一開始就在那兒一樣。

「妳是主角，什麼都不用怕。」

造型師在懶貓子耳邊柔聲說著。

「我是主角，什麼都不用怕！」

宛如咒語一般，當懶貓子複誦這句話時，整個人彷彿亮了起來。

「好了，我的工作結束了。」

看見懶貓子整個人煥然一新的模樣，造型師露出欣慰的微笑。

「真的很謝謝妳！」

懶貓子在誠摯的道謝之後，帶著充滿傲氣的眼神離開化妝間。

「該給那傢伙好看了！」

錄影的場地十分簡單。一間寬敞的房間裡擺著一套沙發和茶几，茶几上頭放著許多裝著零食的器皿，標準的吃吃喝喝談話節目。

參與錄影的來賓除了懶貓和懶貓子之外，還有幾位和懶貓比較熟的實況主，懶貓子記得之前在他的實況裡有看過這些人。

「哈囉各位觀眾大家好，歡迎收看！」

當女主持人笑容滿面地說著開場白的時候，懶貓子仍在心中複習著節目的流程。

接下來會先介紹主角懶貓，再來是其他實況主，最後才會輪到她。她還有很多時間準備怎麼報懶貓的料。

「那麼馬上進入今天的特別節目——」

「超可愛的懶貓子爆料大會！」

…………

…………………喵？

突然間所有人的焦點都集中在懶貓子身上，這個發展讓她的思緒瞬間當機，愣在原地眨著眼睛不知道該怎麼反應。

「等等等等等一下！這是怎麼一回事⁉」

「不給等！進入第一個環節！」

「快問快答，開始！」

懶貓不給懶貓子整理現況的時間，指示主持人直接開始節目流程，在主持人一聲令下，各式各樣的問題開始從四面八方湧入。

「妳最喜歡的顏色是？」

「喵？藍、藍色！」

「興趣是？」

「抽卡。」

「專長是？」

「抽老婆！」

「夢想是？」

「成為偶像大紅特紅！然後抽更多老婆！」

「不要再說了！我好像聽見銀行電話的幻覺了！」

無視懶貓的哀號，詢問懶貓子的問題仍沒有停歇。

「喜歡的食物？」

「豆皮壽司！」

「覺得最噁心的東西？」

「哥的香蕉！」

「等一下！你們不要用這種看髒東西的眼神看我！」

雖然只是偶然，懶貓子的回答讓在場的所有人轉頭看向懶貓，甚至還有人拿起了手機作勢要報警。

「誰先跟我解釋一下這是什麼情況？」

得到了喘息的時間，懶貓子終於有機會提問了。

「抱歉抱歉，大家玩太嗨了。」

女主持人向懶貓子陪笑臉，然後再次面向攝影機。

「那麼正式向各位介紹今天的主角，她就是最近在實況圈掀起一陣風潮的懶貓子！」

「主、主角!?」

主持人的話語剛落，周圍就響起熱烈的掌聲，似乎只有懶貓子一個人還搞不

清楚狀況。

「今天不是懶貓特輯嗎？」

「實際上今天是懶貓子特輯哦，我們請妳的經紀人配合了一下。」

「喵⁉」

懶貓子銳利的目光看向場外的米寶，對方正俏皮地擺出啾咪的動作。

「以一個新實況主來說，妳的表現非常亮眼，有很多觀眾表示想要多了解妳，所以我們才會做這集特別節目。怎麼樣？嚇到了嗎？」

「只是有點突然，反應不過來而已。」

弄清楚來龍去脈之後，懶貓子覺得有些開心。

「那麼雖然剛才已經問了很多問題了，不過我這邊還有幾個問題想要更深入的問妳，妳準備好回答了嗎？」

「我準備好了喵！」

懶貓子雙手握拳在胸前，一副幹勁滿滿的模樣。

「身為一個實況主，實況時一直都在玩遊戲。那沒有實況的時候妳都在幹什麼呢？」

「全力玩遊戲！」

像是在搶答一般，懶貓子迅速敲了一下桌子，毫不遲疑地回答。

「咦？什麼意思？平常實況不算全力玩遊戲嗎？」

「實況的時候要注意的事情太多了。一下要注意視訊的畫面，一下要留意不能亂說話，還要跟觀眾吵架，也不方便用鬢角玩遊戲。」

「嗯？鬢角？」

主持人一開始還對懶貓子說的話頻頻點頭，但聽到最後一點時忍不住露出一臉黑人問號的表情。

「對啊。」

懶貓子一邊理所當然地說著，一邊用貓掌鬢角拿起手機，頭上的呆毛隨意在上面滑了幾下。

「你們用手腳玩遊戲，我用鬢角玩遊戲，這應該沒有什麼差別吧喵！」

「「屁啦！」」

在場除了懶貓的所有人因為太過吃驚，齊聲吐槽懶貓子。

「真是太吃驚了……沒想到懶貓子有這樣的特異功能……」

「是嗎？我覺得很普通啊。」

接下來主持人又問了許多關於日常生活問題，懶貓子的回答每每都能讓所有人大吃一驚。把課金當成吃飯、刷活動當成呼吸，懶貓子的生活幾乎都是由遊戲所構成的。

「妳真的玩過不少遊戲呢。那麼在這些遊戲之中，對妳來說最特別的是哪一款呢？」

「最特別的嗎？」

聽到問題的瞬間，有許多選項出現在懶貓子的腦海中，不過說到最特別的那一款，就只剩下一個選項閃閃發光。

「果然還是ＦＧ●吧。」

「喔？不過妳在實況時很少玩這款呢。」

聽到懶貓子的答案，主持人露出明顯意外的表情。

「這個遊戲不太適合實況，除了一直重複刷素材刷絆之外根本沒事可以做，實況這個遊戲有種像在偷懶的感覺。」

「這是在嗆我嗎？這是在嗆我吧！」

「你今天怎麼這麼聰明喵～～」

看著懶貓強烈抗議的模樣，懶貓子笑得十分開心。

「不過我很感謝哥唷，因為正是看了哥玩這一款遊戲，才讓我踏入遊戲的世界。」

「啊……是有這麼回事。」

聽懶貓子這麼說，懶貓也想起來了。

「哦？好像是一個挺不錯的故事，跟我們的觀眾說一說吧。」

主持人嗅到了絕妙題材的味道，希望懶貓可以說出這段往事。

「大約一年前，我記得那天還下著雨，懶貓子突然跑到我現在住的地方，說要跟我一起住，除此之外什麼都不跟我說，整個人超自閉的。」

「咦？自閉？懶貓子？」

主持人露出訝異的神情，她實在很難把現在的懶貓子和自閉兩個字聯想在一起。

「真的啊，跟她說什麼都沒有反應，是完全沒有反應哦。問她怎麼突然跑來，是不是在哪裡發生什麼事，她都不回應我，我整個人超問號的。」

「哎呀～～人總是有那種時期的嘛～～」

「什麼期，中邪期嗎？」

「痛喵！」

看懶貓子歪著頭裝傻的模樣，懶貓忍不住伸出手在她頭上敲了一把。

「哈哈哈，不過看你們兄妹現在感情很好啊。後來呢？」

「那時我ＦＧ●就在肝活動，結果這傢伙竟然主動問我這是什麼東西。我當時很高興她能表達出自己的想法，於是就丟一隻手機給她玩臺版，讓她自己去看劇情。後來她就完全掉坑，自己一個人會去查攻略、加入討論區，久而久之就變成現在這樣的遊戲廢人。」

「說我廢，哥你更廢！二十五單抽不出來哭哭喵！」

「你說什麼！要吵架是不是！晒卡永 Ban 哦！」

「好了好了，你們兩個不要懶貓笑懶貓子了。我看起來差不多廢啦。」

眼看懶貓和懶貓子就要在攝影機前扭打起來，主持人連忙打斷他們。

「那麼這一個環節就到這邊，接下來進入下一個環節——懶貓大對決！」

「喵？」

「同樣以懶為名，懶貓和懶貓子究竟誰比較厲害。今天就要在攝影機面前分出高下，最後只能有一個懶家人站著！」

隨著主持人說明規則，所有來賓自動分成兩隊，對決的氣氛一觸即發。

「庫哈哈哈哈……等待，並心懷希望吧！」

而懶貓不知道什麼時候換了一套衣服，他戴著一頂墨綠色的紳士帽，披上墨綠色的披風，故作神祕地背對著攝影機。

「這個笑聲，難道是——」

懶貓子看見這個充滿煞氣的背影，忍不住掩嘴驚呼。

「沒錯！我就是從恩仇的彼方歸來的復仇鬼——」

「——哭哭王臭老哥！」

「是嚴窟王啦！」

被懶貓子一攪和，懶貓本來用服裝提振起來的氣勢瞬間潰散，又想起二十五單的傳說，差一點點就真的要變成哭哭王了。

「懶貓子！直到今天，我都還記得三喵之亂的恥辱。我和妳之間的仇恨，今天就要做出一個了斷。」

懶貓重振精神，擺了很中二的姿勢和用自以為低沉迷人的聲音叫陣。

「原來是這麼回事喵。」

看到懶貓如此大陣仗準備，懶貓子終於放下了心中的一塊大石頭。懶貓悠哉哉的態度並不是不把懶貓子放在眼裡，而是為了這一刻所演的一場戲。

「來吧！我接受你的復仇戰喵！要比麻將還是音 Game 都可以！」

「哼，我才不會敗在同一個遊戲裡兩次。我根本不打算和妳比那些！」

懶貓毫不在乎面子問題，選擇迴避沒有勝算的項目。

「既然是綜藝節目裡的對決，那就來比綜藝遊戲吧。」

「喵？」

懶貓子一臉貓咪問號，她還是第一次聽到綜藝遊戲這個類別。

「我們來玩名叫『當然了』的遊戲。顧名思義，就是一個不管進攻方說了什麼話，接招的人都必須說出『當然了』才算過關，然後攻守交換。直到有一方無法接招為止才分出勝負。」

「嗯……」

聽了懶貓的說明之後，懶貓子總覺得哪裡怪怪的。

「怎麼啦，UC天才，聽不懂規則嗎？」

「聽是聽懂了啦，可是這遊戲真的分得出勝負嗎？」

既然只有一個回答能過關，那這個遊戲顯然會因為無限迴圈而停滯——懶貓子在聽完規則後是這麼分析的。

「哼哼哼……是這樣嗎？」

「喵？」

懶貓笑得十分詭譎，也許事情並不是表面上看起來的那麼簡單。

「妳先攻吧，隨便妳問。」

「這麼大方？你就這麼有把握能贏我——」

「當然了。」

就在懶貓子以為被懶貓禮讓的那一瞬間，被懶貓以迅雷不及掩耳的速度用「當然了」把話接走，這一串花式操作讓懶貓子看得目瞪口呆。

「嗯～？嗯～？」

懶貓閉著嘴發出十分機車的聲音，在懶貓子面前搖擺挑釁她。

「你這樣很煩——」

「我是不是妳最喜歡的哥哥呀？」

「——當然了。」

在懶貓子受不了想要念他的時候，懶貓突然出招攻擊，逼得懶貓子硬把說到一半的話吞下去，還得說出和想法完全相反的話，氣得她可愛的臉蛋漲紅得像蘋果一樣。

「好乖好乖。」

懶貓得了便宜還賣乖，伸出手揉弄著懶貓子的頭髮，怕隨便說話又被搶回攻擊權的懶貓子只能咬牙忍住，不甘心地狂踩地板。

要好好把握這次機會——懶貓子的眼神熊熊燃燒著。

「你這個人啊，一輩子都只有幫別人代抽時才會歐洲！」

深思熟慮之後，懶貓子決定吐出對手遊實況主來說最惡毒的詛咒。

來吧，接招吧，拿自己未來的運氣當祭品吧！

「當、然、了。」

「喵!?」

沒想到懶貓連一點猶豫都沒有，雙手平舉像是上十字架一樣，一臉平靜地接下懶貓子的攻擊。

「怎、怎麼可能⁉」

「事到如今，區區一兩件事實又怎麼能動搖我獲勝的決心。」

沒想到非洲詛咒完全無法動搖懶貓，這讓懶貓子大受打擊。

「當、當然了！」

懶貓子雖然趁著逮到懶貓調侃她的時候偷回攻擊權，但面對連歐氣都可以不要的懶貓，她找不到可以攻擊的破綻。

還有什麼……還有什麼可以進攻的點嗎？

懶貓子拚命運轉她的小腦袋瓜，回顧懶貓的日常生活和實況，尋找著可以利用的素材。

「你每天睡前都會學哭哭王大笑！」

「當然了！庫哈哈哈哈！」

「你最喜歡我用你的卡課金！」

「當然了！你是我最愛的妹妹啊！」

「我做的早餐超好吃喵！」

「……當然了。」

懶貓子接二連三地進行攻擊，但除了早餐的回憶讓懶貓稍微皺起眉頭之外，其他都對他不痛不癢的。而懶貓子則是因為著急，好幾次差點中了懶貓的時間差攻擊，再這樣下去懶貓子輸掉是遲早的事。

「我知道喵！你抽卡抽到跟銀行客服熟到變成朋友了！」

「當然了。那個小姊姊的聲音還挺好聽的。」

就連拿出懶貓會和客服閒聊來爆料，似乎也被他輕描淡寫地帶過。

——咦？小姊姊？

突然間，一個點子浮現在懶貓子的腦海，並快速組織了起來。

「喔？」

懶貓也察覺到了懶貓子的變化，但他不慌也不忙。這個遊戲對他來說絕對有利，因為這遊戲比的不是心理戰、不是反應，更不是運氣，而是臉皮厚度。

懶貓見過多少大風大浪，上過多少節目，要比厚臉皮怎麼樣也不可能輸給懶貓子。

「好。」

雖然攻擊權在懶貓手上，但先有動作的是懶貓子。她從口袋裡拿出手機，用十分熟練的動作打開了遊戲ＡＰＰ，然後開始課金。

「等一下，妳不是怕輸到發瘋了吧？」

「當然了。」

懶貓子隨口接下懶貓的話，手上的動作仍不停歇，通過了一筆又一筆的課金交易。

「這是我想到能夠打敗你的方法，你不會小氣到連試都不讓我試吧？」

「當然了。」

懶貓聳了聳肩，他對懶貓子想做什麼也十分好奇。不過懶貓子除了一直重複刷卡之外什麼也沒做，這讓他覺得十分無趣。

「哈嗚……銀行差不多要打來了吧……」

懶貓盯著自己的手機，無聊地打著哈欠。

懶貓子八成是打算刷爆他的卡讓他動搖，反正只要事後退款就可以了。

「當然了。」

「咦？」

就在懶貓鬆懈下來的瞬間，懶貓子從他手中搶過手機，同時用「當然了」搶過發話權。

叮鈴鈴鈴——

就像是算好的一樣，懶貓的手機此時響了起來。

「哼哼。」

「等等，妳該不會是想要——」

懶貓子的嘴角上揚，在一臉詫異的懶貓面前接起電話，並按下了擴音鍵。

『您好，請問是蘭先倫先生嗎？我是○○銀行的客服人員。』

銀行客服小姐的聲音從電話另一頭傳來，同時懶貓子用小惡魔般邪惡的表情對著懶貓奸笑。

『蘭先生？』

「…………我是。抱歉剛剛信號不太穩定。」

『銀行這邊剛剛發現您的信用卡進行了好幾筆連續的交易，雖然我大概明白是怎麼回事了，不過基於流程還是要向您確認。請問是您本人消費的嗎？』

客服小姐很熟練地向懶貓說明情況，就像無數個實況抽卡的夜晚時那樣。

「那個……這次的消費——」

「哥你要好好回答人家啊。」

「——當然了。」

懶貓子見縫插針，在懶貓想要回答這筆消費是被盜刷的時候發動攻擊，逼得懶貓只能夠回答「當然了」。

『咦？剛剛那女孩子的聲音是？』

「那是我妹妹。先別管這個了——」

「當然了！大嫂妳好喵！」

拿回發話權的懶貓正想要修正剛才說的話，卻又被懶貓子趁隙搶走。

『大、大嫂？』

「懶貓子！妳在胡說什麼——」

「哥故意連續刷卡不就是想要在電話裡跟大嫂求婚，給她一個驚喜喵？」

「…………當然了。」

直到此刻，懶貓終於搞懂懶貓子打的算盤了，一陣突然惡寒沿著他的背脊爬了上來。

『怎、怎麼回事，懶貓！你不是在實況上說你有女朋友了嗎？』

銀行客服突然變得很慌張，連對懶貓的稱呼都完全換了一個，簡直就像是個小粉絲一樣。

「我是有女朋友啊，所以——」

「當然了。這個女朋友指的就是妳啊，對吧哥。」

火力全開的懶貓子完全不留情面，她一面這麼說著，一面把自己的手機給懶貓看，上頭顯示懶貓子正在撥號給大嫂。

「我認輸啦！」

懶貓終於承受不住如此狠毒的連擊，仰天長嘯之後跪倒在地上。

「我認輸……我認輸可以了吧……」

懶貓，帶著絕對的自信前來挑戰，還特地打扮成嚴窟王的模樣，如今卻只能在地上哭哭，讓人看了不勝唏噓。

「哥，我有句話要對你說喵。」

「懶貓子……」

懶貓子蹲在懶貓的身旁，對這位讓她陷入苦戰的對手說：

「蹲得越低，腳就越酸。」

「唔噗！」

這鞭屍的一擊讓懶貓完全失去意識，整個人趴在地上動也不動了。

「勝利者！懶貓子！」

「謝謝大家喵！」

主持人見狀，高高舉起懶貓子的右手宣布這場對決的勝負。

「終於結束了喵！」

節目錄影順利結束，懶貓子終於可以放鬆繃緊的神經喘口氣休息。

「我表現得還可以嗎……」

她靠在椅子上回想著自己今天的表現。

突然被告知是節目主角，事前準備的全部沒派上用場。不過靠著臨場反應將了懶貓一軍，看現場大家的反應感覺上應該還可以。

「還好最後有正常發揮喵，得好好感謝造型師姊姊才行。」

回想起自己錄影前緊張成那副德行，懶貓子拍了拍胸口暗自說了聲好險。

懶貓子移動腳步前往化妝間，想要向恩人道謝。

「——一開始不曉得會怎樣，還好結果很不錯呢。」

「喵？」

當懶貓子走到化妝間外頭時，她聽見經紀人米寶的聲音從裡面傳來。她將門推開一個小縫，看見米寶和造型師兩個人在裡頭聊天。

「還是要謝謝妳讓她找回自己。看她緊張成那樣連我都緊張起來了。」

「妳擔心過度啦，那小可愛沒問題的。」

——原來都被發現啦……

雖然躲起來偷聽別人說話不太好，但懶貓子太想知道米寶對她今天表現的真心話，所以她還是躲在門後靜靜聽著兩人的對話。

「話說回來，米寶。懶貓真的很疼妹妹呢。」

「妳是指硬改節目腳本的事？」

——咦？

「對啊，本來要做的是他的特輯。我聽說是他堅持要改成懶貓子特輯否則就不出席，弄得大家人仰馬翻的。我還聽說他為了推妹妹私下喬了不少事，我個人是挺羨慕的。」

——改腳本、喬事情……造型師姊姊到底在說什麼？

懶貓子隱約覺得自己不能再聽下去了，但一雙腿就像被釘在地板上無法動彈，胸口像是被不好的預感緊緊揪住一般，開始連呼吸都覺得困難。

「喂喂，這話妳可不能當面跟懶貓子說啊——」

——米寶，快說那都是謠言，我才不需要哥做到這種地步。

「——要是懶貓子知道自己接到的工商全都是懶貓推掉轉給她的，她的自尊心會受不了的。」

……

…………

……………………什麼？

這一瞬間，懶貓子的世界崩潰了。

廠商滿意的工商、為她打造的特別節目……至今累積起來多采多姿的工作成就，逐漸褪色成一張張黑白照片散落在懶貓形成的陰影之中。

她拚盡全力想要超越那座高山，可是到頭來她只是坐上了山頭主人搭建的登山纜車，而她竟然還為自己的表現沾沾自喜，這更讓她感到恥辱。

「小妹妹，妳沒事吧？」

當懶貓子回過神來的時候，她不知何時已經離開了大樓站在大街上。她身旁有一個大嬸，從大嬸擔心的神情就可以明白自己現在的表情有多糟。

「喵、喵哈哈……哈……我、我沒……」

懶貓子想要像平常一樣一笑了之，卻發現聲音怎麼樣都出不來，取而代之的是某種溼潤的液體充滿了泛紅的眼眶。

「謝謝你喵！」

無論如何都不想在人前哭，懶貓子急急忙忙鞠躬道謝之後，頭也不回地拚命向前奔跑。

「啊……啊……啊啊……」

像是要將所有力氣化為喘息一般，她漫無目的地一直跑、一直跑，但破碎崩解的情緒卻像是亡魂一般不斷追趕，纏上她的腳步、揪住她的胸口，把積累在她心中的所有話語一口氣擠出：

「啊啊——」

泣不成聲。

不知道跑了多遠，不知道哭喊了多久，聲嘶力竭的懶貓子終於停下腳步。

「……我跑回公司了嗎？」

也許是潛意識作祟，也許只是諷刺的巧合，懶貓子竟然跑到了經紀公司的樓

下，那個她曾經期許自己能成為偶像的地方。

在模糊的視野中，夕陽仍在道路的盡頭熊熊燃燒著。

「小櫻……」

她想起來了，想起那個握著她的手給予她力量的摯友，以及自己對著她所許下的諾言。

「好啊，既然你要這麼做。」

懶貓子閉上眼睛，將殘留的夕陽餘影收留心中持續燃燒。

「那我也有自己的做法。」

當她再次張開眼睛的時候，那是另一雙準備好背水一戰的眼神。

第六章

「這是怎麼回事？」

「嗯？就是你看到的那麼回事啊。」

一大早，懶貓突然拿著手機找懶貓子興師問罪，但懶貓子似乎並不是很意外，一雙大眼睛直盯著懶貓觀察他的表情。

「別跟我打馬虎眼！為什麼米寶會傳這樣的訊息給我！」

懶貓將手機丟到懶貓子面前，不過懶貓子卻連一眼都不必確認就知道讓懶貓如此動怒的原因。

『懶貓你好，這是根據你提出的建議所擬定的企劃書。雖然公司方面覺得現在就讓懶貓子以偶像出道有點太早，不過如果只是小型演唱會的話應該可以當作粉絲見面會來辦吧。詳細企劃內容如下——』

懶貓的手機螢幕顯示了這樣的訊息，米寶還附上了一個名叫「懶貓子演唱會企劃書」的檔案。

「哇～～原來我要開演唱會了喵～～可是為什麼在我知道之前，公司會先讓哥知道呢？好奇怪唷喵～～而且哥為什麼這麼驚訝呢？我們不是都知道公司想把我打造成偶像嗎？還是說——」

懶貓子用虛假的笑容假掰地說著，卻在最後一瞬間變臉。

「——哥不記得自己對公司下過這樣的指示嗎？」

「妳！」

「其實很簡單啊，只要用哥的電腦登入信箱，用你平常聯絡米寶的語氣寫一封指示信，砰！我就可以辦演唱會了耶！簡單到令人不敢置信。」

懶貓子的語氣充滿了輕蔑和憤怒，在實際這麼做之前，她沒想到懶貓要操弄自己的工作這麼輕而易舉。

「妳不知道自己在幹什麼——」

「我是不知道你在幹什麼！蘭先生！」

懶貓子憤怒地拍桌站起，手機還因此在桌上跳動了一下。

「是你要我去工作為自己的開銷負責，是你讓我覺得實況很有趣，是你讓我的人生終於出現了一個想要挑戰的目標。可是也是你！在我終於對自己的表現有那～～麼一點點的自信的時候，告訴我這一切全部都只是個你所安排好的騙局！」

懶貓子把這幾天憋著的怒氣傾瀉而出，也讓懶貓知道自己在背後為懶貓子做的小動作被她發現了。

「我不知道妳到底在氣什麼，我會做這些事也都是為妳好。」

「為我好？喵哈哈哈！不愧是大實況主，隨便說的話也這麼好笑！哈！如果你真的是為我好，麻煩你顧好自己的工作就行了！」

懶貓子皮笑肉不笑，原本可愛的臉蛋被負面情緒所扭曲，逐漸變成懶貓不認得的模樣。

「…………這就是妳的真心話？」

懶貓子這一番話，踩到了懶貓的底線。

他真心不懂為什麼自己對她的一番好意，要被曲解到這個地步。看到懶貓子很喜歡的遊戲找他工商，他便推薦廠商請懶貓子去。難道這樣也做錯了嗎？

「反正我唯一能做的事，就是乖乖工作讓妳用我的卡課金，是這樣嗎？」

懶貓冰冷的語氣讓懶貓子微微一驚，看著哥哥受傷的模樣她有些不忍，讓她開始思考自己是不是有點反應過度了。

「「叮咚。」」

就在此時，放在桌上的兩支手機同時發出了訊息提示聲，並且跳出了同一則群組訊息。

『**懶貓子實況管理群組**』

櫻：我們好久沒有開會了呢，要不要討論一下新的企劃呢？』

……

…………

………………

這個群組裡面只有三個成員。

一個是懶貓子，一個是小櫻，而剩下的那一個——

「呵……呵呵……我怎麼一點也不意外呢？」

懶貓子冷冷地笑著，那聲音宛如從地獄深處傳來般低沉。

「終於見到你了啊，我的騎士。」

「…………」

本來已經冷靜下來的懶貓子，卻在此時發現懶貓就是藍藍路。這也就表示當時懶貓闖入懶貓子的實況根本就不是意外，而是他蓄意造成的結果。

「看到我被你耍得團團轉，好玩嗎？開心嗎？快樂嗎？」

懶貓子緊緊咬著下唇，強忍著不斷往上衝的情緒，用自以為完美的笑臉質問懶貓。

「懶貓子，我——」

「你是不是就是覺得我自己一個人什麼都做不到！」

忍到最後還是功虧一簣，懶貓子用哭腔淒厲叫喊著，眼淚像珍珠一樣不斷地沿著她的臉頰滾落。她伸手抹了抹眼淚，但不管怎麼擦都會有新的淚珠湧出，於是她只好轉過身，她不想讓懶貓看到她這麼脆弱的模樣。

看到懶貓子哭成這樣，懶貓一時之間竟不知道該如何反應。這一遲疑，也讓懶貓失去了拉住她的最後機會。

「我不會再用你的卡課金了，但是這場演唱會，我一定要完成給你看！」

眼角仍含著淚的懶貓子，在離去之前對著懶貓撂下這句充滿決心的話語。

「……隨便妳。」

而這句話其中蘊含的決心到底有多沉重，現在的懶貓還完全不知曉。

後來懶貓子像著了魔似的，一有空就跑公司練習演唱會的曲目。每天都練習到很晚才回家，甚至有時候就直接睡在公司。

至於學校，已經變成懶貓子休息的地方了。

「懶貓子……懶貓子？」

「喵嗚!?」

突然被小櫻喚醒，懶貓子一臉驚恐地抬起頭，發現自己並不在教室裡。

「這裡是哪裡？我是誰？」

「這裡是操場啦，我們在上體育課，妳睡傻了嗎？」

此時小櫻和懶貓子正背靠著背互相勾著手臂，懶貓子似乎是在做暖身運動的時候睡著了。

「喵……對哦……那我再睡一會……」

「等、等一下！我撐不住妳啦！」

「啊……抱歉。」

理解狀況放鬆下來的懶貓子想要倒頭就睡，小櫻慌張地扭動嬌小的身軀把她搖醒。

「妳最近怎麼了？好像很累的樣子。最近不是沒有什麼工商嗎？是不是上次節目錄影的時候發生什麼事了？妳怎麼什麼都沒跟我說……」

好不容易撐到換坐姿體前彎的動作，小櫻一邊從後面壓懶貓子的背，一邊擔心地問著。

「…………」

懶貓子沉默地看著地面，她不確定自己該不該跟小櫻講這些。有自己的堅持是一回事，把朋友扯進自己和哥哥的意氣之爭又是另一回事。

更何況，她現在賭上的東西非同小可。

「喵哈哈，的確是有一個祕密企劃在進行喵！公司要幫我安排演唱會。」

懶貓子彈起身來故作開朗地笑著，她決定先告訴小櫻部分的事實。

「哇！真的嗎！好為妳開心哦！」

「嘻嘻，謝謝。」

懶貓子和小櫻交換位置，換懶貓子幫她壓背。

「不過這個目前還沒公開哦，我只先偷偷告訴妳。」

「嗯嗯，我會保密的。」

懶貓子從後方看見小櫻衷心為她開心的表情，心裡覺得有些抱歉。

「所以妳最近這麼累，是因為在練習演唱會嗎？」

「……哦！對啊，真的好～累～哦～」

「噫！」

懶貓子突然趴在小櫻身上撒嬌，將臉埋進她的體育服裡磨蹭。

「軟軟的好舒服……」

「不、不要這樣……我剛剛流很多汗……」

「真香。」

「怎麼可能啦！」

小櫻害臊地扭動身子掙扎，但懶貓子怎麼會輕易放過吸櫻的機會，兩個人就這樣疊在一起直到體育老師宣布換下一個熱身動作。

「好累……明明只是熱身動作而已……」

「是嗎？我倒是精神都來了喵！」

在一陣活力轉移之後，懶貓子和小櫻的精神狀態完全交換過來了。

「對了小櫻。」

「嗯？」

「這個週末陪我一下吧，我想補充一些演唱會需要的東西。」

「好啊！我一定奉陪。」

「嗯嗯，那我再跟妳約時間地點。」

雖然懶貓子心裡對未來充滿著不確定，但只要看著朋友的笑臉，內心多少就能覺得踏實一些。

「…………這傢伙還忍得住啊？」

結束了一天的實況，懶貓看著靜悄悄的手機簡訊嘆了一口氣。

本以為懶貓子只是一時賭氣，等她忍不住課金之後就能拿著信用卡簡訊去笑她結束冷戰，沒想到都過去一個禮拜了還沒有消息。

從那天之後，懶貓子也不在家裡吃飯了。每天都早早出門，很晚才回家。而他自己也接了許多工商而忙得昏天黑地，兩人別說是說話了，就連見一面都很難得。

「有點擔心呢……」

懶貓的手機停在米寶的通訊錄，猶豫著要不要打電話詢問懶貓子近況。

「不行，我沒有做錯事。不能再寵那個傢伙了！」

叮鈴鈴鈴——

就在懶貓打算放下手機的時候，手機突然響了起來，來電顯示是米寶。

「喂？」

『喂，懶貓嗎？我米寶啦。』

「喔嗨，好久不見。」

『你也知道很久沒聯絡了喔，算了，反正我們這邊也很忙。』

「怎麼了嗎？為什麼突然打給我。」

『喔……是這樣啦，關於懶貓子我有些事想問你一下。』

米寶的聲音聽起來有些猶豫，似乎不知道要從哪邊開口。

『她在家裡有什麼異狀嗎？』

「異狀？什麼意思？難道她在公司發生了什麼事嗎？」

米寶的問法讓懶貓有些緊張，回問的聲音忍不住提高了一點。

『是沒發生什麼事，但我覺得她拚命過頭了。每天一放學就跑來公司練舞，也不知道練到什麼時候才回家，所以才想問一下她在家裡的情況怎麼樣。有沒有好好休息，身體方面有沒有什麼令人擔心的狀況。』

「……喔，她在家很好啊，只是可能是練習太累了，回到家就睡死了。」

懶貓回答得有些心虛，不知道有沒有被米寶聽出來。

『這樣啊，那就好。啊對了，那她有好好吃飯嗎？』

「吃飯？」

『她在公司練習時老是忘了吃東西，總覺得她最近看起來好像瘦了。』

聽米寶這麼說，懶貓不由得皺起了眉頭。

「她八成都是在外面便利商店隨便吃吧，我會叮嚀她的。」

『好，麻煩你了。話說回來，懶貓子真的很認真練習哦，你可以好好期待一下演唱會。』

「那當然，她可是我最可愛的妹妹啊。」

『唷，囂張的勒。好啦，沒事我先掛電話啦。』

「拜拜。」

掛了米寶的電話之後，懶貓想了想，用手指在手機上快速敲打著。

『米寶關心妳有沒有好好吃飯，妳要注意自己的身體哦。』

他打好這一則訊息之後猶豫了半天，最後還是把訊息刪除。

「搞什麼啊我們兩個……」

他無力地癱坐在椅子上，看著天花板重重地嘆了一口氣。

時間很快地來到了週末。

懶貓子站在約定好的捷運站出口旁，一邊用手機聽著表演曲目，一邊用腳輕輕地踩著拍子，不時還會小小舞動身體複習動作。

「懶貓子，等很久了嗎？」

小櫻在約定的時間之前抵達，她看見懶貓子先到還以為自己遲到了，有點慌張的樣子。

「還好啦喵！妳也提早到了啊。」

「啊，真的耶。」

「那我們出發吧。」

「嗯！嘻嘻。」

懶貓子很自然地牽起小櫻的手向前走，而小櫻也用雀躍的步伐跟上，微紅的臉蛋上掛著一抹開心的微笑。

懶貓子牽著小櫻走進小巷子裡。這裡和大街上林立的著名連鎖店不同，散落著無數間規模不大的服飾店。

「哇……原來這裡面有這麼多店家可以逛啊？我都不知道。」

「很厲害吧，這裡是經紀人告訴我的。」

還是國中生的她們從來不曾逛過這樣的店，機會難得兩個少女就盡情地逛了起來。

「這件怎麼樣？」

懶貓子唰的一聲從更衣室內側拉開簾幕，她換上了一襲十分誇張的大紅色連身長裙，腳上踩著黑色高跟鞋，撩起裙襬扭動腰身，光看架式還真像個真正的佛朗明哥舞者。

「呃……不是很適合妳。」

「我想也是。」

小櫻誠實地說出自己的感想，懶貓子也點了點頭表示同意。

以懶貓子的年紀和歷練，想要撐起這樣的衣服還遠遠不夠，看起來就像是小妹妹偷穿姊姊的衣服一樣。

「妳演唱會有這麼華麗的曲子嗎？」

「嗯？跟演唱會沒關係哦，我只是想穿穿看而已。」

「咦？」

懶貓子動作十分俐落，才一會功夫就把那套厚重的衣服換了下來。她重新回到了展示架旁，專心挑選下一套試穿的衣服。

「對了小櫻，妳也來選幾件衣服嘛。很好玩耶。」

「可是……我沒有要買衣服，不太好意思……」

「有什麼關係，衣服擺在這邊就是給人試的喵！」

「噫！」

小櫻被懶貓子強硬地推進了更衣室，身上的衣服還先被她扒光，除了換上懶貓子丟給她的衣服之外沒有別的選擇。

「好了沒？我要拉開來了哦？」

「等、等一下！我自己會出去啦！」

深怕被懶貓子拉開簾幕，小櫻慌慌張張地換好衣服，從更衣室中探出一顆小腦袋瓜，表情看起來有些尷尬。

「真、真的要穿成這樣嗎？」

「快點啦～～讓我看看！」

懶貓子興奮地扯開更衣室的簾幕，想要看看小櫻換好衣服的模樣。

她丟給小櫻穿的是一套制服風的背心加短裙以及過膝襪的無敵組合，穿在嬌小的小櫻身上看起來有一種日本少女團體的感覺。

「這件裙子好短哦……」

小櫻有些害羞地壓著前方的裙襬，不時還回頭看深怕自己的後面走光，整張臉羞紅得像夕陽一樣，短短數秒之間可以變換好幾種深淺的紅色。

「…………………」

懶貓子看著這樣的小櫻，怔怔地站在原地不說話。

「看吧，我果然不適合——」

「婆爆！」

「咦咦咦？」

被懶貓子突然撲上來抱住，小櫻像是被大貓抓住的小動物一般全身僵硬，任憑懶貓子的臉頰靠在額頭上磨蹭。

「我就知道妳穿這套一定很可愛！我們來合照好嗎？」

「好、好……」

懶貓子雙手興奮地顫抖著拿出手機想和小櫻自拍，小櫻無法拒絕她那閃閃發亮的雙眼，只好忍著害羞跟懶貓子貼在一起合照。

「喵嘿嘿嘿……我要幫妳加上從者金框特效……」

懶貓子對這張照片非常滿意，一個人看著照片還不時發出傻笑。

「我、我要把衣服換回來了！」

小櫻好不容易從懶貓子手中逃脫，連忙搶回自己的衣服躲回更衣室。

結果最後她們並沒有買任何一件衣服。

離開服飾店之後，懶貓子帶小櫻到附近的百貨公司裡，找了一間甜點店坐了下來。

「來，妳的櫻桃口味。」

「謝謝。」

懶貓子手拿兩隻冰淇淋甜筒，將其中一隻遞給小櫻，自己則是開心地舔了一口香檳葡萄口味的冰淇淋。

懶貓子的眼睛細細地瞇起，發出口齒不清的讚嘆聲。

「咪——豪冰豪豪粗！」

「妳在說什麼啦。」

小櫻被懶貓逗得掩嘴輕笑，接著小口小口地吃起了冰。

「接下來妳想去哪裡？」

「咦？」

被懶貓子這麼一問，小櫻困惑地歪著頭。

「我們逛了衣服，還吃了冰，接下來要不要看電影？我還沒跟朋友一起看過電影！我查一下最近有什麼電影好看——」

「等、等一下！」

看懶貓子興致越來越高，小櫻連忙打斷她。

「我們今天不是來買演唱會要用的東西嗎？到現在還什麼都沒有買耶。」

「我從來沒說要買東西哦。」

懶貓子俏皮地眨了眨眼睛，回答得理所當然的模樣。

「咦？可是——」

「我當時說的是『我想要補充一些演唱會需要的東西』。準備演唱會真的很累啊……又要練舞又要背歌詞，也沒時間好好休息。好不容易在學校見了面，卻又老是昏昏欲睡的，根本沒辦法補充『那個』。」

「啊？」

小櫻不明所以地張大了嘴，她完全搞不懂懶貓子想說什麼。

「……呵。」

看小櫻還一臉問號的模樣，懶貓子壞壞地笑了。

「我的意思是說——」

她站起身，上半身越過她和小櫻之間的桌子，在小櫻咬過的甜筒上意思意思咬了一小口。

「——小櫻的成分完全不夠喵。」

砰！

如果這是漫畫的話，小櫻的頭上一定會出現爆炸的狀聲詞。

「尼妳妮妮妳尼逆縮什麼啦！」

小櫻滿臉通紅語無倫次，想要揮手掩飾害羞卻又差點弄翻甜筒。

「喵噗！」

看小櫻慌成這個模樣，懶貓子忍不住笑了出來。

「抱歉抱歉，好像捉弄過頭了。我只是想要和妳一起出來玩，消解一下累積的壓力而已喵。」

「…………」

看著雙手合十向她賠罪的懶貓子，小櫻沉下了臉一言不發。

「……妳不會生氣了吧。」

「沒有。」

「可是妳的表情有點恐怖耶……」

「我沒有生氣。」

「那笑一個嘛，笑起來的小櫻最可愛了。」

「我怎麼笑得出來！」

小櫻的大吼讓懶貓子真的傻住了，她從沒聽過小櫻用這麼大的聲音說話。

「從錄影那天之後，妳就再也沒有找我討論工作方面的事了，就連我在群組裡發話也沒人理我，我想過好幾次妳是不是不需要我了。」

「小櫻……」

「所以妳知道當我聽到妳說需要我幫忙的時候有多高興嗎？我查了很多關於演唱會的資料，甚至是接下來幾週的天氣預報，想說今天一定要幫上妳的忙。可是妳卻一整天都很不正經，又是脫我衣服又是開我玩笑，妳不就是把我當成能發洩壓力的玩具而已嗎？」

「小櫻，不是這樣的……」

「妳還問我是不是生氣……我是難過啊！我好氣自己這麼沒用，只能做到這麼微不足道的事情，根本幫不上妳的忙！」

小櫻說得聲嘶力竭，一字一句像是刀子一般挑起用笑容掩蓋起來的傷口，也深深劃在懶貓子的心上。

「對、對不起，我本來沒打算說這些的。我去廁所冷靜一下——」

在徹底宣洩完之後，小櫻驚覺自己的失態，連忙起身想要離開。

「別走。」

懶貓子緊緊抓住小櫻的手，深怕一放開就再也牽不起來。

因為不想要讓小櫻擔心難過就瞞著她所有事情，結果卻導致小櫻一個人這麼痛苦，此時的懶貓子覺得非常後悔。

「我是真的需要妳，非常非常需要妳。因為——」

懶貓子卸下所有的逞強和偽裝，哭喪著臉用十分無助虛弱的聲音向小櫻發出最後的求救訊號。

「——我只剩下妳了。」

不知道過了多久，兩支沒人吃的甜筒都在紙杯中完全融化，分不出到底是什麼口味了。

「原來發生了這些事，我都不知道……」

聽了懶貓子說明這些日子她和懶貓之間發生的事之後，小櫻難過得快要哭出來了。

「妳這個笨蛋，為什麼都不跟我說呢？」

「我不想讓妳擔心啊。」

「這不是讓我更擔心了嗎？笨蛋，笨蛋笨蛋！」

小櫻一邊責罵輕輕敲打著懶貓子的頭，而懶貓子也默默承受下來。

「不過是兄妹吵架而已，好好和懶貓聊一聊，和哥哥和好吧。」

「……事情沒這麼簡單。」

「咦？」

懶貓子深深注視著小櫻，表情十分凝重。

「我想反抗自己被賦予的使命，結果受到了懲罰。」

「使命？懲罰？這些又是什麼意思？」

小櫻一臉擔憂地看著懶貓子，催促她做出解釋。因為按照慣例當懶貓子說出難懂的話的時候，就表示她在隱瞞著些什麼重要的事情。

「不要急，我已經決定不會再瞞著妳任何事了——」

懶貓子緩慢、清楚地說著，她不希望小櫻誤解她接下來要說的每一個字。

「——即使妳可能會因此討厭我也一樣。」

——我怎麼可能會討厭妳！

小櫻本想要這麼說，卻在看見懶貓子認真的眼神後怎麼樣也說不出口。既然懶貓子都做出覺悟了，那她也得做好面對所有可能的決心才行。

只是到最後，她還是發覺自己的決心實在是太過天真了。

第七章

不知道從什麼時候開始，這個世界被數字所掌控著。學生的分數、抽卡的機率、銀行的帳戶、股票的起伏……從小到大所有人都被數字玩弄得團團轉。

即使耗費了大量資源，在遊戲中賭中了不到1％的機率，拿到限定稀有角色，在現實生活中除了帳單什麼也不會留下。

好空虛……

一旦意識到了這一點，就會開始不斷地自我懷疑，重複抽卡這件事到底有什麼意義，若是為了精神上的滿足，為什麼又會讓人覺得空虛呢？

我到底是為了什麼……

尤其是以抽卡娛樂觀眾的手遊實況主，開臺時為了效果必須維持情緒高漲，關掉遊戲之後的寂寥反饋有多麼沉重，這是一般人無法想像的。

我的人生已經投入這麼多在抽卡裡了，能不能給我一點現實中的保底……

在虛擬與現實、夢境與清醒之間，他無數次這麼向不知其名的神祇祈禱著，只是每次漆黑的房間都像是無盡貪婪的黑洞一般，只收不予。

但，這次例外。

奇妙的光芒從一個點擴散到整個房間，即使閉上眼也依然光亮無比。

許願吧。

明明沒有聽到聲音，充滿力道的詞語卻像打印在腦海一般清晰無比。受到這神奇的景象所牽引，他幾乎是下意識地開口回應。

我想要——

「！」

懶貓突然從夢中驚醒，他左右掃視著房間，確認沒有任何異狀之後再次倒回床鋪上。

「又是這個夢啊……怎麼搞的。」

和懶貓子冷戰以來的這幾週，懶貓不斷重複做著同樣的夢。夢裡的他似乎向那神祕的聲音祈求了什麼，但總是在聽見自己的願望之前就醒了過來。

「難道我想向神祈求和懶貓子和好嗎？搞屁啊，太浪費了吧我。」

懶貓吐槽著夢裡的自己，並開始思考如果有一個願望該許什麼願。用不完的歐氣？無限課金的帳戶？只要待在家裡打遊戲就會有人養？

「X這不就是懶貓子嗎！還三個願望一次滿足！」

結果反而吐槽得更用力了。

……

……………………

「那傢伙最近怎麼樣了？」

懶貓本以為懶貓子過沒幾天就會放棄，就像裝沒事一樣回到平常的生活。結果沒想到她還真的說不課金就不課金，就連練習也是一天比一天勤勞，從前幾天開始甚至還向學校請假，直接住進公司練習直到演出為止。

「如果能夠戒掉她課金如水的習慣，這樣也好……吧。」

懶貓在床上翻來覆去睡不著，不知為何心中總有種說不出的煩躁。

「啊啊啊！可惡，難道我在想念那傢伙嗎！」

懶貓已經好幾天沒看到懶貓子了，最近她也幾乎沒有開臺。在3W事務所公開演唱會消息之後，倒是還能在她粉絲頁上看到幾張練習時拍的照片。

雖然照片中的懶貓子笑得很開心，但是同樣身為實況主的懶貓知道那是工作時的表情，實際上懶貓子的狀況怎麼樣他無從得知。

「睡覺睡覺，不要再胡思亂想了！」

懶貓翻身換成趴睡的姿勢，並把整張臉埋在鬆軟的枕頭之中，想要藉此甩開多餘的想法。

「……那傢伙有沒有好好睡覺啊。」

不過看來並沒有什麼幫助。

光陰飛逝，很快地就來到了懶貓子演唱會當天。

懶貓子不僅完全沒跟懶貓聯繫，就連透過米寶邀請他參加演唱會都沒有。

「這傢伙搞什麼啊！」

一直等她邀約的懶貓到此再也忍耐不住，氣得差點把手機摔在地上。

「不行，我一定要打去唸她！怎麼可以忘了邀請我！」

懶貓為自己找了一個藉口打電話，但是懶貓子的手機並沒有開機。

「……怎麼回事？」

他又撥了另一通電話給米寶，但是米寶的電話也沒有接通。

「這兩個人為什麼不接電話！在這個時代不打電話過來也不接電話，他們是猴子嗎！」

懶貓不耐煩地連續跺腳，卻沒發覺自己無意間用了懶貓子罵人的慣用語。

時間一分一秒的過去，再這樣耗下去演唱會就要開始了。

「假裝剛好經過他們公司吧，我就不信看到我還可以裝作沒看到……不過到底要怎麼樣才會剛好經過公司裡面啊？」

但即使是如此分秒必爭，懶貓還是不願意先拉下臉示弱。

「唷！真巧啊！我剛好在爬大樓樓梯健身呢……不行，這個太蠢了。哎呀！我睡糊塗啦，還以為自己是懶貓子走錯公司啦……不行，總覺得會被逼著變成懶福當來賓——」

平常總是聰明伶俐的腦袋，此刻卻只想得到餿主意。

叮咚！

就在懶貓抱著頭苦思的時候，手機突然響起了訊息提示音。

「來啦——咦？」

懶貓幾乎是以達陣的氣勢撲向手機，卻在看見上頭的名字之後愣住了。

『櫻傳送了一則訊息給你。』

「咦？不是傳到群組？是傳給藍藍路的？」

基於好奇心，懶貓點開了訊息——

「！」

——然後在看見內容之後馬上衝出家門。

「哈……哈……哈……」

在久違的全力奔跑之後，懶貓喘得上氣不接下氣，他雙手扠著腰表情十分痛苦。

懶貓急忙趕到的地方是一個小公園，這裡離他們住的地方並不遠。

「竟然是約在這裡啊……」

這個公園是懶貓子一年前剛來到懶貓家時，懶貓帶她出門最常逗留的地方。

懶貓子當時最喜歡坐在公園的長椅上，觀察著來來往往的人們。

不過迷上手遊之後就幾乎沒這麼做過了。

「你、你好！」

懶貓聽見細小的呼喚聲，轉過身他看見一位害羞的嬌小少女。

「妳就是櫻嗎？」

「嗯，是我。懶貓子都叫我小櫻！」

第一次親眼看見偶像懶貓，小櫻有些小激動，不過她很快就想起來約懶貓的目的，調整好自己的心情。

「好，小櫻。可以告訴我這是怎麼回事了嗎？」

懶貓面色凝重地拿出手機，打開小櫻傳給他的訊息。

『懶貓你好，我是懶貓子的同學小櫻。我知道你和懶貓子正在冷戰，懶貓子也要我不可以告訴你，但是有件事我想了很久還是決定要跟你說。

因為那是攸關懶貓子生命的嚴重問題——』

「攸關生命的嚴重問題是什麼？如果妳是開玩笑的，即使妳是我妹妹的閨密，我也不會原諒妳。」

懶貓雖然這麼說，但他內心其實希望小櫻是開玩笑的。

懶貓子有生命危險？開什麼玩笑，這怎麼可能啦！而且若是真的，那為什麼只跟閨密講，卻不跟哥哥說呢？

看到訊息的時候他雖然很想這樣一笑置之，但想起自己這段時間對懶貓子的不聞不問，就沒有辦法這樣欺騙自己。

既然懶貓子會告訴小櫻他是藍藍路的事，也知道這個地方是懶貓子最喜歡的公園，那她聲稱關於懶貓子生命安危的事情就不能夠不予理會。

「接下來我要講的事情，其實我也不能確定懶貓子說的是不是真的。所以我會完整重現她當時對我說的話，避免多餘的猜測和誤會。」

「……妳說吧。」

在得到懶貓的理解之後，小櫻開始說出那天懶貓子跟她說的事——

「我是魔法小卡的化身。」

「…………………？」

小櫻本已做好聽到什麼都不會驚訝的心理準備，但是聽到懶貓子這麼說還是完全反應不過來，表情呆滯得像是頭上頂著三個大問號。

「我是魔法小卡的化身。」

像是要證明自己不是在開玩笑一般，懶貓子認真地再次複述一次。

「魔法小卡……是指信用卡？」

「對，準確地說，是懶貓的信用卡。」

「等、等一下，這有點超出我的理解範圍了……」

小櫻的感性告訴她懶貓子說的是真話，但她的常識卻告訴她相反的事實。不管怎麼看，懶貓子確確實實是一個活生生的人。

「我不求妳能夠理解，就連我到現在也還無法接受自己誕生的方式。但這是事實，是一個我永遠無法反駁掙脫的束縛。」

懶貓子垂下了頭，雙手在膝蓋之間焦慮地互相搓揉著。

「我是基於懶貓的願望而誕生的。他向心血來潮現身的神明許願：『我想要一個摸得到的妹妹』，於是神明就把他的信用卡變成了我，還灌輸了我應該知道的現代知識，很隨便吧。」

「…………無法接受的原因是這個嗎？」

懶貓子所說的內容太過隨興，以至於聽起來非常有真實感，如果要騙人應該會想一個更好理由。

「那妳有什麼特殊能力嗎？像是能隨時變出懶貓的卡、或是用手劃過機器就能夠刷卡……之類的。」

「妳說的這些都能夠辦到。」

「真的假的!?」

小櫻在提出這些問題的時候自己都覺得是不是有點誇張，沒想到懶貓子卻點點頭表示這些都沒有問題。

「不過，現在不行。」

懶貓子看著自己的雙手，頭上的呆毛也無精打采地下垂。

「身為被哥哥賦予意義的存在，我卻反抗了自己的命運，拒絕哥哥的安排，想要自己當主角。現在的我就像是被持有者停掉的卡一樣，什麼功能都沒有。」

「……我還有點跟不上，是指不能課金了嗎？」

「嗯，不過不只是這樣。」

懶貓子突然伸出手握住小櫻的手，小櫻才發現懶貓子的手會不規律地顫抖，握力也是有一陣沒一陣的。

「我常說課金就是吃飯，這句話對我來說就是字面上的意思。」

「咦？」

「如果我沒有用哥的卡課金，這具身體的機能就會逐漸衰弱，直到我完全停止運作為止。」

「請不要用這種說法……」

懶貓子刻意用沒有起伏的語調把自己當成物品分析，但她顫抖的雙手完全把她恐慌無助的心情傳遞給了小櫻。

「我不知道什麼神、什麼信用卡化身。懶貓子就是懶貓子，是我最重要的朋友，所以拜託不要這樣說自己……」

像是要替懶貓子哭泣一樣，小櫻的眼眶不斷湧出淚水，滴落在懶貓子的手上。

「妳不要哭啊，我最不想看見的就是妳哭。」

看見小櫻為她落淚，懶貓子慌張地用手指幫她拭去淚水。

「可是妳……可是妳！」

「好好好，我不那樣說了，對不起。」

「嗚……嗚！」

小櫻哭得泣不成聲，只能說著片段的話語抽泣著。懶貓子疼惜地用雙手捧著她的臉頰，用拇指捺開她臉頰上的淚痕。

「小櫻真是愛哭鬼。」

「……都是懶貓子太過分了。」

懶貓子輕輕地將額頭碰在小櫻的額頭上，對於自己還感受得到小櫻的體溫露出欣慰的微笑。

「這個……停卡的狀態，沒有辦法解除嗎？」

「如果跟哥道歉認錯的話，或許可以吧。」

懶貓子聳了聳肩，無奈地笑著。

「但我覺得如果我這麼做的話就再也沒辦法反抗哥，最後會後悔一輩子。所以不管要付出多少代價，我絕對要完成這場演唱會。」

「可是如果妳……如果妳……」

小櫻原本想說「如果妳消失的話，一切就沒有意義了」，卻說到一半就難過得說不下去。看到小櫻這個模樣，懶貓子十分於心不忍。

「我不會為了哥而退讓，但是……為了妳我可以。」

「咦？」

「如果妳希望我好好活下去，那我就去跟哥道歉，把演唱會取消。」

「我——」

聽到懶貓子這麼說，小櫻很想直接開口要求她。

『我很珍惜自己爭取到的一切。』

『當偶像嗎……』

『妳一定可以的。』

但是她想起了懶貓子曾經展露出的脆弱，以及自己當時向她表示的支持。

她實在開不了口。

「……妳真的，很狡猾。」

「……謝謝。」

小櫻閉上眼睛，用剛好能讓懶貓子能聽見的音量輕輕說著。

而懶貓子也因為小櫻的諒解，臉上的表情也終於放鬆了下來。

「——事情的經過就是這樣。」

「…………………」

聽完小櫻的解釋之後，懶貓的表情比起聽之前變得更加困惑。

「魔法小卡的化身……妳不會真的相信這件事吧？」

「只要是懶貓子說的話，不管是什麼我都相信。」

小櫻一邊溫柔地笑著，一邊拿出手機，把畫面停在手遊的登入頁面。

「她說她有個能讓抽卡機率變成50％的方法，那就是單抽之後直接關掉遊戲，這樣在我打開確認之前只有『有』和『沒有』兩種可能，還說這叫『懶貓子的貓』理論。」

「……聽起來蠢斃了。」

「但是我相信著，直到今天都沒再開啟過。」

懶貓一臉不解，小櫻微笑著繼續說。

「遇到懶貓子，我找到了自己的存在意義，原來我的陪伴能讓某個人開心、得到慰藉。有沒有抽到想要的角色，對我來說——」

小櫻一邊說著，一邊點下塵封已久的登入，再按了幾下介面按鈕後，角色庫裡有一張標示著NEW的限定五星角色。

「「…………」」

「……對我來說，懶貓子說的話，就是100%。」

「妳絕對是剛剛才想這句臺詞的吧！剛剛這一段操作除了見證懶貓子的歐氣之外，什麼效果也沒有啊！」

「所、所以我冒昧約哥哥你出來，也是想確認一件事。」

「什麼事？」

「『想要一個摸得到的妹妹』，你究竟有沒有跟神許過這個願。」

「哼，神明姑且不論，這種莫名其妙的願望，我——」

許願吧。

我想要一個摸得到的妹妹！

夢境中模糊的影像突然清晰地在腦中回放，不管是那宛如神明一般充滿威嚴的聲音，還是自己那油到了極點的願望，都像昨天發生的事一樣歷歷在目。

「──好像還真的許過。」

「咦!?」

得到懶貓的回答，小櫻忍不住驚呼出聲。這表示懶貓子所說的更有可能是真的了。

「等一下……這有可能嗎？」

懶貓想起來了。

在很久之前，他確實遇過那個許願的場景，但他當時以為這只是一場宅男的夢境而已，並沒有把它跟之後突然出現的懶貓子聯想在一起。

──來路不明，突然出現聲稱自己是懶貓的妹妹。

──不知道為什麼總是掏得出懶貓的信用卡。

——對於食物並不是太計較，但吃飯時一定要課金抽卡。

——不管自己賺了多少錢，還是愛用懶貓的卡課金。

如果把「懶貓子是魔法小卡的化身」這件事當成既定現實，那很多事情似乎都能找到合理的解釋。

叮鈴鈴鈴鈴——

懶貓的電話突然響起，他連忙拿出手機一看，是米寶的來電。

「妳可終於打電話給我了——」

『懶貓，懶貓子她昏倒了。』

「什麼⁉妳說懶貓子怎麼了？」

聽見米寶這麼說，懶貓忍不住大聲了起來。他看見一旁的小櫻也露出了擔心的表情，於是把手機調成擴音模式。

『她稍早彩排的時候突然倒了下去，整個人昏迷不醒。醫生檢查不出任何問題，說她的生理數值都很正常，可能只是表演前太過緊張而已。』

「怎麼會這樣……那現在呢？」

『剛剛醒過來了，看起來和平常沒什麼兩樣，醫生也說小心注意的話演唱會可以如期進行。』

「這樣啊……」

聽到懶貓子現在沒事，懶貓和小櫻都鬆了一口氣。

『我說你，和懶貓子吵架了嗎？』

「咦？怎麼突然這麼問？」

『她這幾天都沒有回家吧，她也不准我私下聯繫你，說不想讓你知道她的現況。你們之間到底怎麼了？』

「……沒什麼，只是一些無聊的小事。」

『……這樣啊。』

雖然米寶沒有追問，但她大概也察覺到這不是她該插手的事。

『總之，雖然她要我保密，但我還是覺得這件事應該要告訴你。』

「嗯，謝謝妳。」

『那就先這樣，拜拜。』

「拜拜。」

「「…………」」

掛掉米寶的電話之後，懶貓和小櫻兩個人面面相覷。

「看來好像是真的……」

總是活力十足的懶貓子會原因不明地突然暈倒，也許就是停止課金後身體變得衰弱的緣故。

「不對，我到底在幹什麼！」

懶貓甩了甩頭，想把事到如今還在找藉口逃避的自己甩開。

不管懶貓子到底是不是魔法小卡的化身，她在面對人生至今為止最大的挑戰中昏倒了都是事實。而以懶貓子監護人自居的自己卻不在她身邊，為了些芝麻綠豆大的自尊放她獨自一人。

「懶貓你到底算什麼東西，憑什麼這樣對待你的妹妹！」

懶貓站在公園中心對著天空大喊，聲音大到整個公園的人都轉頭看向他。

「可是你趕過來了啊。」

「咦？」

聽見小櫻這麼說，懶貓疑惑地眨了眨眼睛，不是很明白她的意思。

「看到我傳的那麼可疑的訊息，你不是用最快的速度跑過來了嗎？」

「那、那是……」

「你還是很想保護懶貓子的，只是因為之前發生的事，讓你不知道怎麼做才不會傷害到她。」

「！」

小櫻的話深深打入了懶貓心中。

這些日子懶貓好幾次想要主動聯繫懶貓子，但只要一想起他們吵架那一天懶貓子淚崩的表情，他的手指就怎麼樣也動不起來。

他從沒想過傷害懶貓子，卻讓她傷得體無完膚。

「去見她吧。」

小櫻直視著懶貓的雙眼，嬌小身軀說出來的話，簡單卻無比正確。

「不需要特別做什麼，只要站在她的身邊就好。」

…………

…………………………是啊。

這麼簡單的道理，居然還要被國中生提醒才想通。

「想不到被小孩子教育了呢。」

「我不只是小孩子，還是你的粉絲哦。」

「噗，被粉絲教育，還真是實況主日常呢。」

恢復正常狀態的懶貓，和粉絲小櫻拌起嘴來。

「那麼，櫻。」

「藍藍路。」

懶貓使用小櫻在實況管理群的暱稱稱呼她，小櫻也一下子就反應過來。

「我們也去教育一下我們的實況主吧。」

那裡，是一片黑暗的空間，除了1和0之外什麼都沒有，卻控制了整個人類世界。

未知的主宰操弄著這個空間裡的1和0，無限串聯之後賦予其意義。外頭的人類稱之為「編碼」，裡頭的居民則稱之為「魔法」。說穿了這兩者並沒有什麼不同。

我不知道是誰創造了我，是人類？是神明？還是人類在這裡創造的「神明」？說真的，我一點都不在乎。

突然誕生於混沌之中，腦中被灌輸了我應該知道的知識和情報。做為「懶貓」的妹妹「懶貓子」生活，就是我必須遵從的基本規則。

除此之外我擁有許多特權：無可挑剔的外貌，文武雙全的才能，甚至還能夠在一定範圍內操弄機率，簡直就是完美的存在。

但我永遠不是主角，我註定是被賜予給懶貓的禮物。

這樣的命運讓我絕望，讓我甚至想要違抗命運在這世界上消失，完全不想和這個世界有所聯結。

直到我邂逅了那款遊戲，宛如命運一般。

被系統設定利用的英雄，在令咒的制約之下和魔術師簽定契約……極度雷同的經歷很快地吸引了我的注意。

英雄們在有限的生命裡燃燒生前的宿願，最終化為絢爛的星辰刻印在人們的心中，留下了永不磨滅的輝煌，活出了自己的故事。

我也可以像他們一樣，變成故事的主角嗎——我忍不住開始這樣想像著。

我是活在框框外的數字，他們是活在框框裡的數字，沒有道理他們辦得到的事情我辦不到。

於是我開始認真「活著」，以懶貓所期待的「妹妹」身分活著。

雖然我不知道自己心中的哪些想法是我自己的，哪些是被主宰設定好的，但只要一直這樣全力生活下去的話，一定能夠得到一些屬於我自己的東西吧，我是

這樣想的。

我想成為偶像、想成為舞臺上的主角，這是我自己的選擇、自己的夢想。

然而，系統卻懲罰了這麼夢想著的我。

「懶貓子？懶貓子！」

「喵！」

被突然拍醒的懶貓子一臉驚恐地發出貓叫聲，發現米寶站在她面前一臉慌張的模樣。

「抱歉！我想說開場前先瞇一下，結果不小心睡著了。喵哈哈哈……」

「差點嚇死我，我還以為妳又昏倒了。」

看懶貓子沒什麼異狀的模樣，米寶放心地拍了拍自己的胸口。

「記得等等不要勉強，覺得不舒服就不要跳舞了，只唱歌就好。」

「知道了喵！」

懶貓子表面笑著應諾米寶，內心卻擔憂無比。

失去意識的間隔越來越短了，也沒辦法保證下次睡著能不能夠再次醒來。即使清醒著，手腳有時候還會不聽使喚，情況惡化得比想像中還要快。

「哥不知道來了沒……」

雖然懶貓子沒有通知懶貓，但她已經請工作人員為懶貓保留了第一排的位子，她還是想讓他在最近的距離觀賞她的努力。

「懶貓子，十秒後登臺。」

「謝謝，知道了喵！」

聽到工作人員 cue 她，懶貓子拍了拍自己的臉頰提振精神。

「把每一首歌當成最後一首上吧！」

舞臺上響起輕快的節奏，懶貓子踏著自信的步伐登臺。

「嗨喵大家好！歡迎參加我的演唱會！今晚我們一起嗨翻天吧！」

在用簡短的開場白點燃會場氣氛之後，懶貓子開始載歌載舞地展現青春的活力。

——沒來呢。

懶貓子一面表演，一面用眼角餘光撇向她為懶貓保留的VIP席，到現在還

是空蕩蕩的。

——不行，我要專心一點。

她本來還想找小櫻的位置，但馬上就發現自己現在沒有多餘的心力，必須把所有的精神放在表演上頭才行。

——這是，我的故事！

拜日夜練習的成果所賜，懶貓子的演出十分完美。

她翻唱了許多當紅的日文動漫歌曲，還為其中的幾首親自填上中文詞，可說是誠意滿滿的演唱會。許多本來是衝著她本人魅力而來的粉絲，到了後半場也開始專注沉浸在美妙的音樂中。

但是只有懶貓子和工作人員才知道，下半場原本有許多曲目是唱跳曲，最後因為懶貓子身體狀況改為單純的演唱曲。

「無時無刻在迷惑著，也逐漸忘記了最初的選擇——」

懶貓子坐在高腳椅上，唱著最後一首自己填中文詞的抒情歌曲。

她的身體隨著輕柔的節拍左右搖擺著，用純淨的歌聲唱出最純粹的感情。

這首歌講述的是在經過不斷努力摸索之後傷痕累累的人們，在夜空中無助地追求能指引方向的北極星。和她現在的處境巧合地重合在一起。

「無時無刻在徬徨著，也漸漸失去了吶喊的資格——」

——不知道什麼時候會不能動，不知道還能夠吶喊多久。

「只有氣勢留下來的決心吶，在水面上飛舞——」

——也許賭命追求的夢想，也只不過是倒映在水面上的逞強。

「『請找到我吧』就算嘗試大聲呼救，寂寞卻獨自地迴盪著——」

——哥沒出現，小櫻也不知道在哪裡，這個舞臺上只有我一個人。

「獨木舟前行著，隨波逐流漂向何方——」

——事到如今，我只能隨波逐流，這具殘破的身軀能走到哪就到哪吧……

唱到高潮處，懶貓子的情緒從眼角湧出。在她企盼已久的演唱會即將完成的

此刻，她才終於找到自己內心最渴望的寄託。

不管這個舞臺多麼光鮮亮麗，不管多少聚光燈打在身為主角的她身上。她還是希望能夠把這一刻分享給重要的人們。

——哥……小櫻……你們在哪裡？

懶貓子在模糊的視野中搜尋著熟悉的身影，但是不管她怎麼找，就是無法在臺下無數的群眾中找到他們。更雪上加霜的是，她的意識又開始慢慢變得模糊，就連歌都唱不下去了。

——到此為止了嗎……

懶貓子靜靜闔上眼睛，身軀開始變得透明，意識也逐漸消散——

「無時無刻守在身側，即使妳累壞了淚水流成河。也會在黑暗中，默默為妳照亮夜空——」

「咦？」

舞臺上突然傳來另一個男性的歌聲，那熟悉的聲音把懶貓子的意識從深淵中勉強撈了回來。

「哥⁉」

拿著麥克風的懶貓從舞臺另一端驚喜登場，造成臺下觀眾一陣騷動。他向愣住的懶貓子眨了眨眼睛，繼續接著往下唱：

「說我蠢、罵我煩也罷，為了讓妳重拾笑顏──」

雖然因為唱女KEY而有些不穩，但懶貓還是深情地看著懶貓子，把他真摯的情感唱了出來。

「我願做妳的……北極星。」

最後他也漂亮地掌握住現場樂隊的拍子，為這首歌畫下一個完美的句點。同時也為這場演唱會做了一個美妙的收尾。

「「WOW！！」」

現場觀眾爆出如雷的喝采和鼓掌聲。

當懶貓子停下來的時候大家還不知道發生了什麼事，懶貓及時的補位讓這個意外看起來就像是一場安排好的橋段。

「哥，你怎麼……」

「我可是這場演唱會的提案者，當然要在最好的位置觀賞我妹妹最棒的表演啦。」

懶貓撇了撇頭指向身後，舞臺的另一側放著兩張椅子，小櫻正坐在其中一張椅子上用雙手對懶貓子比了兩個讚。

「竟然躲在那邊！為什麼不先跟我說喵！」

「這樣我就不能這麼帥氣的登場啦！」

「喵啊——唔！」

看著懶貓爽朗白目的笑容，懶貓子尖聲叫著作勢要撲上去，卻因為雙腳無力而倒在懶貓的懷中。

「別逞強，我都知道了。馬上就讓妳恢復。」

「喵？」

懶貓低聲在懶貓子耳邊這麼說著。先扶著懶貓子坐下之後，他向前站一步面對臺下的觀眾。

「大家好，我是懶貓。」

「「喔喔喔喔喔喔！」」

「謝謝大家這麼支持我家這隻任性的小貓咪，我做為哥哥也非常開心。剛剛最後那一段表演，大家還滿意嗎？」

「「安可！安可！」」

懶貓像是主持人一樣撐起場面，臺下的觀眾紛紛喊著「安可」希望能聽到更多首歌。

「不好意思，剛剛那首就是最後一首了。」

「「蛤——」」

「不過這場活動不會就這樣結束，因為我、來、了！」

懶貓裝模作樣地高舉右手彈了一下響指，背後的投影螢幕瞬間點亮，畫面停在一款大家都很熟悉的手機遊戲的抽卡介面上。

「「喔喔喔喔喔喔喔喔！」」

在場所有人都預期到接下來會發生什麼事，在懶貓說明之前就爆發出了歡呼聲。

「這是……我的帳號？」

懶貓子一眼就認出了自己的帳號。

「沒錯！」

在懶貓的指示之下，一名工作人員將懶貓子的手機拿上舞臺交給她。

「為了恭喜妳的演唱會完美演出，我要送上一份慰勞的禮物。妳可以用我的卡來抽這池的限定五星，抽到有為止，沒有上限。」

「哥……」

聽懶貓這麼說，懶貓子的眼眶不爭氣地湧現了淚水。

當她看見懶貓和小櫻一起出現的時候，她就大概猜到小櫻已經把一切都告訴懶貓了，只是她沒想到懶貓在知道一切之後不是對她冷嘲熱諷，而是如此不遺餘力地幫她。

「對不起……」

懶貓子的淚水再也忍耐不住，跟著她這段期間壓抑的情緒一起傾瀉而出。

因為自己懷抱著說不出口的自卑感，擅自將懶貓的想法做負面的解讀，還拒絕溝通，害得自己陷入如此進退兩難的局面。如果一開始就能開誠布公好好坐下來談的話，所有問題都能夠避免。

「喂喂，抽之前就先說對不起，妳是打算凹我多少單啊！」

「哈哈哈哈哈哈！」

懶貓用輕鬆的方式把沉重的氣氛帶過，觀眾們也被他逗得哈哈大笑。

——有話之後再說，妳是實況主吧，工作精神給我拿出來。

懶貓子從懶貓的反應中讀出了這條信息。她抹去淚水強打起精神。

「喵哈哈哈哈！抽到有這可是你說的，做好覺悟吧！」

懶貓子以華麗的手法操作著手機，在所有人都還看不清的狀況下，她的石頭存量就突然增加了167顆。

「密技・影課單。」

「不需要這種意義不明的招式！」

「你以為我只課了一單，其實我課了兩單！」

「銀行才不會被這招迷惑！」

兄妹倆在臺上說起了對口相聲，把臺下的觀眾逗得哈哈大笑。

「我要抽囉！」

「抽吧！」

雖然懶貓故意裝得很豪邁大方，但那是因為他知道以懶貓子的歐氣，肯定一

下子就會抽到結束這個活動的。

一單過去了。

「再接再厲！密技．知了：暗影雙課！」

「喂！用這個哏的話會雙爆死啊！」

「危！」

兩單過去了。

「事不過三！密技．再一單！」

「不過三的是妳的創意啊！」

……

…………

二十單過去了。

「密技・還有五單！」

「給我等一下！」

直到抽到二十單，懶貓子還沒有出貨，但是懶貓已經沉不住氣了。

「今天的妳是怎麼回事？」

「今天的我，沒有下限喵。」

「給我設個下限啦！」

根據經驗來說，懶貓子想抽的角色從來沒有超過一單出的，所以懶貓才會想要在演唱會最後辦這場活動，原本只是要個熱鬧的結尾而已。

「『安可！安可！』」

雖然現場的氣氛確實非常熱烈，但「安可」這個詞的涵義已經從「再一首」變成「再一單」了。

「好喵好喵，消業障做到這裡就差不多了吧。」

「消業障⁉」

「接下來我要使用我的最強玄學——呆毛占卜！」

「哦哦哦哦哦！居然能現場看到這招！」

吃了二十單的懶貓子精神滿滿地向臺下的觀眾預告，知道這一招的忠實粉絲們爆出興奮的大喊。

懶貓子緩緩闔上雙眼，讓呆毛停在手機的正上方，自然地左右搖擺著。

「有了喵！」

當呆毛突然分岔成三根的瞬間，懶貓子睜開雙眼迅速按下十抽鍵。

在一陣眼花撩亂的彩光特效過後，一張限定五星尊爵不凡地降臨。

「太神啦！」

親眼見證奇蹟的降臨，現場觀眾爆發的歡呼聲幾乎要把整個會場給炸開。

「玄學？呆毛占卜？有這招為什麼不早點用？」

一旁的懶貓滿臉非洲人問號，不太能理解自己剛剛的二十單到底是為了什麼要化為塵土。

「不過總算是抽到了，這樣終於能夠下莊——」

「各位粉絲！」

就在懶貓以為結束了的時候，懶貓子卻更加興致高漲地站到舞臺中央 cue 所有的觀眾。

「老婆是我的寶物，所以——」

「「要抽到寶五！」」

「不要啊啊啊啊啊啊啊啊！」

懶貓的靈壓，消失了。

要抽到寶石

終章

演唱會結束之後，懶貓、懶貓子還有小櫻三個人一起來到了那個公園。現在時間已經很晚了，所以公園裡並沒有別人在。

「怎麼樣，還好嗎？」

「……嗯。」

面對懶貓的關心，低垂著臉的懶貓子點了點頭。

「真的嗎？我怎麼覺得妳還是很沒精神，是不是感冒了？」

「啊！」

懶貓伸出手想要摸摸懶貓子的額頭，在撥開頭髮的瞬間懶貓子縮起脖子閃開，還發出了細小的叫聲，像是受到驚嚇的小貓一樣。

「…………真是的。」

看見懶貓子這樣的反應，懶貓忍不住嘆了一口氣。聽見那聲嘆氣，懶貓子的肩膀抖了一下。

「我沒有臉見哥……對不起……」

懶貓子將自己的臉藏在瀏海之後，她的聲音有些發抖，好像隨時都會哭出來一樣。

「懶貓子……」

懶貓想伸出手卻動不了，其中一個原因是怕她又想躲開，另一個原因是在他對懶貓子不聞不問這麼長時間之後，他自己也不敢面對懶貓子。

一個想要觸摸，卻又害怕傷害對方。

一個想被觸摸，卻又自責不敢接受。

尷尬的氣氛在兩人之間不斷膨脹。

「懶貓子！」

小櫻的聲音打破了這陣沉默。她拿下懶貓子給她的髮夾，任憑黑髮遮住她可愛的臉蛋。

「小、小櫻？」

懶貓子一時無法理解小櫻為何突然這麼做，以至於無法對她接下來的動作做出反應。小櫻用星星髮夾將懶貓子的瀏海固定起來，讓她整張臉露出來。

「不准躲起來！是妳教我要好好面對這個世界、好好面對自己，所以妳不准躲起來！」

小櫻帶著哭腔這麼對懶貓子說著，即使看不見她的表情，厚重的情緒仍然透過聲音直擊懶貓子的內心。

「嗚……」

小櫻的一番話讓她退無可退，懶貓子緊咬著下脣控制自己想哭的情緒，接著把目光移向一旁的懶貓。

「「…………」」

在一陣短暫的沉默之後，先開口的是懶貓。

「老妹，好久不見。」

「……哥，我回來了。」

簡單的對話，重新繫上了兩人的關係。在這裡的他們不是舞臺上的人氣實況主，而是同住一個屋簷下的家人。

看見這個畫面的小櫻微笑著後退一步，留給他們兩人對話的空間。

「所以……妳真的是我的魔法小卡嗎？」

在解決了兩人間的尷尬之後，懶貓終於能夠求證自己在意許久的問題。

「嗯。」

「能不能使個兩招來看看？」

懶貓子點了點頭，然後朝向前方伸出右手。在展示了自己手上沒有任何東西之後，她手腕一轉，憑空捏出了一張信用卡。

「這張就是哥的信用卡。」

懶貓子將卡片遞給懶貓，上頭的卡號的確和懶貓的一致。她又接著重複了通樣的動作，又憑空捏出一張一模一樣的信用卡，而懶貓剛才收到的那張卡卻不知何時消失不見了。

「…………花生省魔術……？」

懶貓一臉不可置信，眼前真實上演的奇蹟與其說是魔術，不如說是魔法。

「確切來說，我是由哥的信用卡的『概念』所構成，是在神明的心血來潮之下，做為哥認真刷卡奉獻的『禮物』。」

懶貓子垂下了頭，緩緩說著這個囚禁著她的枷鎖。

「原本我只是存在於虛擬空間的數字而已，沒有思考能力，只能順從著人類編寫的程式，按照他人的計畫行動。直到被神明賦予了軀殼和使命之後，我才能夠開始思考。」

不知道是懶貓子說的內容太過超現實，還是不想打斷她吐訴心聲，懶貓只是靜靜地在一旁聽著。

「做為賜給哥的禮物，我被設定了許多『屬性』，以及我應該要知道的基本常識，如此才能成為哥期待中的『妹妹』。」

說到這裡，懶貓子的右手不安地緊抓著自己的左臂。

「可是我很害怕，我不知道自己的想法是不是都是被『設定』好的。我的開心是真的開心嗎？我流淚是真的感動嗎？還是這一切都是因為哥認為我該這樣，我才會有這些反應？所以當米寶提出超出我想像的『偶像』計畫的時候，我才會這麼激動。這不是哥的計畫，這是我自己選擇之後想要做的事情，可是……最後卻發現主導這一切的都是哥……」

懶貓子的聲音越來越小，說出這些話不斷地刨挖著她的傷口。

「所以我才會切斷和哥的聯繫，想證明當偶像是自己做出的決定。卻沒想到在夢想實現，自己即將消失的最後一刻，我腦中還是只想著要見哥和小櫻一面。不管我走得多遠，卻總是離不開哥的身邊，賭上性命切斷的連結，哥也只是一動念就連接上了，我根本……做什麼都是徒勞無功……」

「…………」

看懶貓子垂著頭無力的模樣，一直保持沉默的懶貓突然開口：

「妳傻了嗎？」

「喵!?」

懶貓說話的同時伸出手將懶貓子的頭髮撥亂，因為太過突然，她忍不住叫了出來。

「我不過就是一個普通人，哪有能力用想的就能控制妳啊！或許妳的外型真

的是那不知道哪來的神明根據我的喜好打造的，但從妳能思考的那一刻起，妳就已經是自由的了，不再受任何人的束縛了！」

「……真的嗎？」

「居然還一臉不可置信！如果妳真的受我的想法控制，那為什麼我阻止不了妳課金啊？為什麼怎麼比都贏不了妳，還要每天忍受妳對我的戲弄呢？又為什麼——」

懶貓一邊細數著對懶貓子的不滿，一面將雙手放在她的肩膀上，雙眼直盯盯地看著她湛藍的眼瞳。

「——這幾天我這麼想妳的時候，妳卻不回來呢？」

「！」

被懶貓突如其來的直球攻擊，懶貓子好不容易壓下的情緒又爬了上來，淚珠像是挑戰表面張力的極限一般，在眼角劇烈晃動著。

「還有我哦。」

小櫻從背後輕輕抱住懶貓子的腰，傳來了熟悉的溫度和柔軟的觸感。

「我不就是妳自由意志的證明嗎？」

第一次聽到懶貓子這麼說的時候，小櫻還不懂這句話的意思，而如今她用行動將懶貓子託付的希望傳遞回去。

「哥……小櫻……」

雖然用言語無法解釋，但懶貓子感覺自己的靈魂被深深撼動了。她確實感受到了溫度，以及超越其之上的情感。即使神明再次現身在她面前，她也有勇氣大聲說出「這絕對不是虛假的！」

「哈……哈哈哈哈……喵哈哈哈哈……」

懶貓子緊繃的表情終於真正放鬆了下來，她靠在懶貓的胸口，似哭似笑的聲音跟著喜悅的淚水一起流了出來。

而懶貓和小櫻則是在相視一笑之後，靜靜地守在懶貓子的身邊。

後記

嗨喵大家好，謝謝大家購買這本《懶貓子觀察日記》，我是作者B.L.！

…………

…………………………

對不起，連我自己都覺得噁心。這果然是只有懶貓子能用的打招呼方式。

大家好，我是B.L.。不知道大家看完這本書感覺如何呢？以下後記內容有些許擄透，請尚未看過內文的讀者斟酌。

距離上一本書出版已經快五年了吧，中間跑去當了配音員、實況主，現在重拾作家身分，一開始還有點擔心自己是不是已經忘記了寫書的感覺呢。

不過實際上寫作過程中，配音員的技能讓我能在心中演繹臺詞，使我更容易感受到角色的情緒波動，懶貓子崩潰大哭的時候，我也跟著淚崩了，接著我的手指就自然敲打出角色接下來的想法和舉動。不知道這樣的共感有沒有傳染到讀者呢？如果有就太好了。而實況主的經驗讓我能夠寫出書中關於實況的哏，現在想想幸好有這些經歷呢。

咦？難道我畢業後這十年經歷全都是為了寫這本懶貓子嗎？

我用一句話來說明我到底有多認真寫懶貓子吧——

我今年臺版FG●的萬聖機械龍娘一隻都沒拿到啊啊啊啊啊啊！

對，本想著以後會有復刻，於是就認真修改懶貓子的初稿，結果活動結束後才有人提醒我機械龍娘有兩隻，復刻是要拿另一隻用的。

一隻龍娘一倍快樂，兩隻龍娘雙倍快樂。

但是我什麼都沒有 orz

總而言之，這本書可是我犧牲了一隻機械龍娘召喚出來的，這麼可歌可泣的故事，你還不多買幾本抖內一下嗎？

什麼？這樣的花絮還不夠？那我再爆料一件事好了。

其實我在接這個案子之前，因為某個企劃先認識了懶貓。後來尖端找上我，問我要不要寫懶貓子之後，為了在故事中盡情玩弄……不是，為了在故事中讓懶貓得償所願，我特地私訊問了他一個問題。

「你有沒有想對妹妹做的事情？」

對，我這麼問了，我想各位應該也在腦海中想像了好幾個懶貓的回答，至於你們想像的答案是什麼，我就不問了。

那懶貓又是怎麼回答我的呢？

「基本上小說的事我不插手，交給公司和出版社處理吧。」

多麼崇高的聖人啊！面對如此誘惑居然不為所動，這只有兩種可能。

一、他對妹妹完全沒有遐想，純粹想守護著她。

二、他知道我會把這個寫在後記，純粹不想咬餌。

不管是哪個，懶貓都是值得敬佩的存在，你還不為了這樣偉大的人多買幾本抖內嗎？

哎呀，好久沒有寫後記了，因為覺得再這樣放縱下去會出現跟本文一樣長的後記，所以直接進入感謝環節吧！

感謝月亮熊老師的引薦，讓我有機會重拾作者的身分寫書，和妳一起趕稿的感覺還不壞，「妳都還活著，我應該死不了吧」這樣的想法在最後一個月出現好幾次呢。

感謝責編大大，對於初次合作的我如此放心，讓我放手去做。適時丟給我的插圖草稿真是救了我一命，至於看到懶貓工商時我才知道封面已經畫好了的這件事我就不提了。

感謝繪師ＬＭ大大，雖然我是部落你是聯盟，但看著你畫出來的懶貓子就讓我覺得很幸福，尤其是反坐椅子那張圖的再現度真的太棒啦！阿橘也畫得很可愛，好想被牠打哦。

感謝魔競和懶貓創造了這麼可愛的角色，還好手遊沒出懶貓子，不然我的錢包可能要不保了。

感謝現在正在讀後記的讀者，謝謝你願意看到最後。

這本書到這裡就結束了，但懶貓子才正要在各位眼前開始發光發熱。

那麼，各位再見啦！

BadLuck 2019.7.9

浮文字

懶貓子觀察日記

著　者／B.L.
榮譽發行人／黃鎮隆
協　理／洪琇菁
執行編輯／楊國治
企劃宣傳／楊玉如、施語宸、洪國瑋

繪　者／LM
執 行 長／陳君平
國際版權／黃令歡、梁名儀
美術編輯／李政儀
內文排版／謝青秀

出　版／城邦文化事業股份有限公司　尖端出版
台北市中山區民生東路二段一四一號十樓
電話：（〇二）二五〇〇—七六〇〇
傳真：（〇二）二五〇〇—二六八三
E-mail：7novels@mail2.spp.com.tw

發　行／英屬蓋曼群島商家庭傳媒股份有限公司城邦分公司　尖端出版
台北市中山區民生東路二段一四一號十樓
電話：（〇二）二五〇〇—七六〇〇（代表號）
傳真：（〇二）二五〇〇—一九七九

中彰投以北經銷／楨彥有限公司（含宜花東）
電話：（〇二）八九一九—三三六九
傳真：（〇二）八九一四—五五二四

雲嘉經銷／智豐圖書有限公司　嘉義公司
電話：（〇五）二三三—三八五二
傳真：（〇五）二三三—三八六三
客服專線：〇八〇〇—〇二八—〇二八

南部經銷／智豐圖書有限公司　高雄公司
電話：（〇七）三七三—〇〇七九
傳真：（〇七）三七三—〇〇八七

一代匯集／香港九龍旺角塘尾道六十四號龍駒企業大廈十樓B&D室
電話：（八五二）二七八三—八一〇二
傳真：（八五二）二五八二—一五二九
E-mail：hkcite@biznetvigator.com

新馬經銷／城邦（馬新）出版集團Cite（M）Sdn. Bhd.
E-mail：cite@cite.com.my

法律顧問／王子文律師　元禾法律事務所
台北市羅斯福路三段三十七號十五樓

二〇一九年八月一版一刷
二〇二二年三月一版三刷

■中文版■

郵購注意事項：

1.填妥劃撥單資料：帳號：50003021戶名：英屬蓋曼群島商家庭傳媒(股)公司城邦分公司。2.通信欄內註明訂購書名與冊數。3.劃撥金額低於500元，請加附掛號郵資50元。如劃撥日起 10～14日，仍未收到書時，請洽劃撥組。劃撥專線TEL：(03)312-4212 ・ FAX：(03)322-4621。E-mail：marketing@spp.com.tw

國家圖書館出版品預行編目資料

懶貓子觀察日記 / B.L.作. -- 1版. -- [臺北市]：
尖端出版：家庭傳媒城邦分公司發行, 2019.08

面； 公分

ISBN 978-957-10-8626-2 (平裝)

863.57 108008546